나는 내일,
어제의 너와 만난다

나나츠키 타카후미

nePop

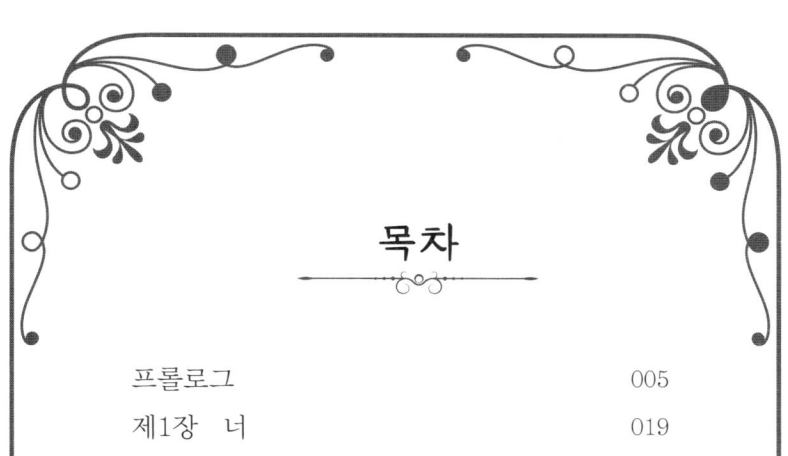

목차

프롤로그

첫눈에 반했다.

등교할 때 언제나 이용하는 전철 안에서, 나는 갑작스럽게 사랑에 빠졌다.

케이한 탄바바시 역에서 탄 그녀는 붐비는 아침 시간대에 인파 사이로 흘러들어와, 흐름을 타고 차량 중앙 근처에서 손잡이를 잡고 선 내 눈앞으로, 왔다.

그다지 키가 크지 않기에 얼굴은 잘 볼 수 없었지만, 가지런하고 아름다운 머리카락이나 귀엽지만 기품 있는 복장, 무엇보다 온몸에서 배어 나오는 분위기가 '정말로 귀여운 여자아이일 것이라는 예감'이 들게 했다.

나는 확인하고 싶다는 호기심에 이끌려, 들키지 않는 선에서 그쪽을 주목하고 있었다.

그때 그녀가 고개를 들어 나를 보았다.

깜짝 놀랐다.

여쁜 눈동자라는 말이 한 박자 늦게 따라왔다.

절세의 미녀라는 뜻이 아니다. 하지만 약간 일본풍인 그 얼굴에는 청초함과 기품이 있었다.

그녀는 곧바로 원래의 자세로 돌아갔다. 그저 자기 앞에 있는 사람을 확인했을 뿐이라는 몸동작이었다.

L-는 예감대로 귀여운 아이였다는 사실에 약간의 만족감을 느끼며, 동시에 긴장했다.

이 순간에는 그저 그뿐이었다. 자각이 없었다.

[기온시조. 기온시조.]

ㅊ-내 방송이 들리고, 시조에 도착해 몇 명이 내리려 했다.

그러자 그녀는 내리는 사람이 지나가기 쉽도록 몸을 움직여 자리를 이동했다. 차분하면서도 주위 사람들에 대한 세심한 배려심이 전해지는 동작이었다.

ㅇ-아, 배려심도 있고 감이 좋은 아이구나, 라고 생각했다. 머리도 좋을 것 같았다.

ㅊ-내에 공간이 생겨 우리가 붙어 있을 필요는 없어졌기에, 아주 살짝 아쉬움을 느끼며 자연스레 멀어졌다.

나는 문 옆에 기대어 창문 너머로 보이는 어두운 터널을 멍하니 바라보았다.

그때였다.

나는……, '발작' 했다.

그 표현이 적당하다. 잠복기가 끝난 후에 열이 나듯, 내 머릿속에서 조금 전까지 보던 그녀의 인상을 떨쳐낼 수 없게 되었다.

"……."

나는 그녀가 있는 방향으로 훌쩍 움직였다.

대각선 앞쪽의 문 옆에 기대어 책을 읽고 있었다.

내면 깊은 곳에서 모종의 스위치가 눌린 감촉이 들었다.

허둥지둥 시선을 피했다. 보고 있을 수 없다. 전신의 혈류가 의식되어 숨을 쉬기 힘들어졌다.

위험해, 위험하다.

나도 20년을 살아왔으니 이것이 무엇인지는 쉽게 알 수 있었다. 점점 확실해져 가는 지금 상태에 대해 일단 내가 생각한 것은,

좀 참아 줘.

……였다.

그야 그렇잖아?

이 순간이 지나면 다시는 못 만날지도 모르는 사람이니까.

이 전철에서 내려 헤어지면, 그걸로 끝.

같은 대학이나 아르바이트하는 곳에서 만난 사람이었다면 엄청나게 기뻤겠지만, 아무런 접점도 없고 접점을 가질 수도 없는 상대를 이렇게 좋아하게 되다니, 뭐라고 할

까…… 정말로 이건 아니라고 생각했다.

[산조. 산조.]

문이 열린다. 여기서 사람이 많이 내린다. 그녀가 내리지 않을까 긴장했다.

내리지 않았다. 다행히 나도 내릴 역이 아니다.

하지만 종점인 데마치야나기까지는 이제 두 정거장 남았다.

그리고 나는…….

종점에서 내린 그녀의 뒷모습을 절망적인 심경으로 바라보고 있다.

츨구로 향하는 긴 상승 에스컬레이터. 한쪽으로 쭉 늘어선 사람들에 섞여, 나는 그녀의 5미터 아래에 있다.

다무것도 할 수가 없다.

느닷없이 그런 용기를 낼 수는 없다. 주위에 사람들도 있는데.

데스컬레이터 끝에는 지상 출구와 에이잔 전철 환승구가 있다. 나는 적어도 그녀가 나와 마찬가지로 에이잔 전철에 타기를 간절히 바랐다.

그리고 그녀는…… 에이잔 전철의 개찰구를 지났다.

한순간 기쁨과 안도감이 퍼졌다.

하지만.

이 전철에도 사람이 가득했다.

이 노선에는 내가 다니는 키노 미대를 포함해 미대가 두 군데 있어, 척 봐도 그쪽 분위기인 사람이 많다. 아마도 과제가 들어있을 화판 가방을 든 사람이나, 염색한 머리까지 포함해 전신을 녹색으로 치장한 여자도 있다. 4월이고 1교시 통학 시간이다 보니 신입생으로 보이는 사람이 눈에 띈다.

그래서 여기서도 그저 보고만 있을 수밖에 없었다.

2량 편성의 로컬 전철이 평소대로 움직이기 시작했다.

그녀는 운 좋게 가까스로 앉을 수 있었는지 한가운데쯤에 얌전히 있었다.

머리에서 팔다리까지 매칭을 고려해 예쁘게 꾸몄고, 앉아 있는 자세부터 주위와 자연스럽게 차이가 났다. 분위기 있는 사람이었다.

그리고 나와 같은 나이 정도로 보였다.

……조형대? 산업대? ……나랑 같은 키노?

어느 대학에 다닐까. 미술계인 것 같기도 하고 그렇지 않은 것 같기도 했다.

[차야마. 차야마입니다. 교토조형예술대학으로 가시는 분은…….]

조형대로 가는 역에 도착했다. 학생들이 잔뜩 내렸다. 개찰구는 기본적으로 무인이지만 학교가 있는 역만은 통학 시간에 역무원이 대기하고 있다.

나는 두근거리는 마음으로 그녀가 내리지 않는지 슬쩍슬쩍 엿보았다.

내리지 않았다.

문이 닫히고, 땡땡거리는 벨 소리가 두 번 울리고 전철이 움직이기 시작했다.

안심했다.

하지만 말을 걸고 싶다는 마음과 남들 앞에서 그런 짓은 못한다는 갈등으로 너무나 괴로웠기에…… 차라리 빨리 내려서 나를 포기하게 만들었으면 좋겠다는, 고통에서 해방되고 싶은 충동이 생겼다.

[슈가쿠인. 슈가쿠인입니다.]

머리가 욱신거렸다. 숨쉬기 힘들었다.

좋아…… 이렇게 하자.

그녀가 나와 같은 역에서 내린다면 말을 걸자.

그래, 좋아. 그렇게 하자.

나는 바닥만 쳐다보고 속으로 몇 번이나 고개를 끄덕였다.

[카카라가이케. 타카라가이케입니다.]

짧은 노선이라 역과 역 사이가 짧다.

나에게 이 역은 학교까지 가는 딱 중간지점이라는 인식뿐 다른 인상은 없다.

문이 열리고 몇몇 하숙생이 탔다. 반대로 이 시간에 여기서 내리는 사람은 거의 없었다.

그녀가 일어섰다.

앗, 하는 소리가 입 밖으로 나올 뻔했다.

그녀는 학생들 사이를 빠져나가 전철 뒷문으로 향했다. 승객의 하차를 확인한 역무원이 표를 확인하기 위해 플랫폼으로 나왔다.

나는 그녀나 다른 사람들이 알아차릴지 모른다는 걱정도 잊고, 내리는 그녀의 뒷모습을 보고 있었다.

눈앞에서 일어나는 일에 아무것도 하지 못하고 보기만 해야 하는 때의 공허한 감각. 소리가 사라진 의식. 언어로 형성되지 않는 순간적인 사고 속에서 초조, 상실, 안도와 같은 것들과…… 체념이 잔뜩 겹쳐졌다.

나는 일어섰다.

가방을 들고 학생들 사이를 빠져나와 전철 뒷문으로 향했다.

역무원에게 정기권을 보여주는 그녀를 시야에 넣은 채로.

평소에 이런 짓은 하지 않는다. 나는 한 적이 없다.

포기하고 있었다. '귀엽네'나 '내 취향이네' 정도였다면 확실히 포기했다. 그렇게 해 왔다.

그리고 그때는 '아아……'라고 아쉬워하지만 얼마 지나 쓴웃음을 짓고, 점심을 먹을 때쯤에는 잊게 된다.

하지만 분명 이건 다르다.

그런 수준이 아니다.

별다른 근거도 없이 '이 사람이다'라는 직감이 존재했다.

필사적으로 다리를 움직여 차내의 혼잡을 뚫고, 역무원에게 정기권을 보여주고, 지면으로 이어진 플랫폼의 짧은 계단을 내려가는 그녀를 뒤쫓았다.

그때의 감각과 비슷했다. 고등학교 체육 시간 때 딱 한번, 축구에서 드리블로 수비를 돌파하고 그대로 골을 넣은 순간의 새하얀 머릿속과.

"저기요!"

바로 뒤에서 말을 건 순간, 그녀의 부드러운 어깨가 아름답게 물결쳤다.

……나를 부르는 걸까? 라는 분위기로 돌아보았다.

조금이나마 나를 기억하고 있었는지, 눈동자에 그런 낌새가 엿보였다.

땡땡, 벨이 울리고 내 뒤에서 전철 문이 닫혔다.

등 뒤에서 멀어져 가는 차량의 소리를 들으며, 나는 그렇게까지 긴장을 느끼지 않았다. 100미터 달리기와 마찬가지로 달릴 때까지가 피크인 것이다.

'그게…….'

여기까지 말하자 말문이 막혔다.

뭐라고 말해야 하지? 일단 무엇부터 말해야 하지?

초 단위로 시간이 흘러간다. 초조하다. 으음, 으음……
그래.

"해, 핸드폰 메일 주소 좀 가르쳐 주세요!"

난 다시 스타트를 끊었다.

그녀의 눈빛이 놀라움으로 크게 떠졌다.

멈추지 않는다.

"전철 안에서 보고, 저기……."

기세를 타고 생각을 그대로 입에 담았다.

갈 수밖에 없다.

"첫눈에 반했습니다!"

표정이 변하지 않는다……고 생각한 순간에 입술이 살짝 움직였다. '앗' 이라고 말하는 것처럼 보였다.

나는 한순간 시선을 옆으로 움직였다. 주위에는 아무도 없었다. 다행이다. 다시 시선을 그녀에게 옮겼다.

"갑자기 이런 소리를 들어서 놀라셨을지도 모르지만, 정말이에요. 아, 저도 놀랐어요, 정말로……."

생각한 대로 말이 막 나온다. 내 생각보다 훨씬 흥분한 상태인 듯했다.

그녀의 긴장이 풀어진 것을 느꼈다.

표정에 미소의 전전 단계 같은 뭔가가 아침 안개처럼 스쳐 지나갔다.

할 말이 다 떨어져, 나는 입을 다물었다.

그러자 그녀는 이번에는 자신이 말할 차례라고 생각했는지, 몸 전체를 내 쪽으로 돌렸다.

"으음."

처음으로 들은 그녀의 목소리는, 그마저 아름다웠다. 나는 감동하고 말았다.

"저는…… 핸드폰이 없는데요."

……어?

핸드폰이 없다니, 요즘 세상에 신기…… 아아, 아, 그렇군. 거절당했구나.

"……그, 그렇군요."

나는 반사적으로 웃었다. 미안합니다, 라고 말하고 물러서야겠다고 생각했다.

"앗, 그게 아니에요."

그녀가 허둥거리며 말했다.

"정말로 없어서요……."

"……그렇군요."

거절당한 건 아닌가? 나는 어중간한 기분으로,

"특이하시네요."

그녀는 그 말을 흘리듯 살짝 입가를 끌어올렸다.

아, 지금 발언은 별로였나……. 허둥거리며 어떤 말로 만회해야 할지 고민하다 보니,

그녀가 입을 열었다.

"저기……, 저는 지금부터 타카라가이케에 갈 거예요."

가려 하는 방향을 돌아보았다.

폭이 좁은 길, 그리고 그 옆에는 작은 자전거 주차장과 꽃잎이 반쯤 남은 벚나무가 한 그루.

"아, 역시 연못(이케)이 있었군요. 여기서 내리는 건 처음이라서요."

나는 잠시 머리를 긁적이고,

"한번 가 볼까……."

속이 뻔히 들여다보인다.

……그게 아니잖아.

스스로를 타박했다. 분발해서 아까의 기세를 재점화시켰다.

"같이 가도 되나요?"

용기를 내서 그녀를 똑바로 바라보았다.

"대화를 나누고…… 싶네요."

갑자기 주위의 정적이 귀에 들어왔다.

오늘도 졸음이 쏟아질 만큼 따뜻해질 거라는 예감이 드는 봄날의 햇볕. 딱히 멋지지도 않은 좁은 역 앞 풍경이 어슴푸레한 빛을 받아, 그 색채의 포근한 향기가 내 코를 간지럽혔다.

그런 기분 좋은 풍경 속에서, 그녀는 딱 귀여울 만큼만 힘이 들어간 표정으로 묘하게 예의를 차려 "좋아요."라고 말하며 고개를 끄덕여 주었다.

나는 내일,
어제의 너와 만난다

제1장
너

∽ 1 ∼

"난 미나미야마, 미나미야마 타카토시야."

"전 후쿠주 에미라고 해요."

역 바로 옆에 있는 국도를 건너며, 우리는 자기소개를 시작했다.

"후쿠주? 어떻게 써?"

"복되게 웃는다고 할 때의 복(福)에, 목숨 수(寿)를 이어서 써요."

*복되게 웃는다는 부분에 농담을 걸어야 할지 한순간 망설였지만,

"아, 같은 글자가 들어있구나."

"예?"

"내 타카토시(高寿)의 '토시'가 그 한자거든."

"그런가요?"

"우연이네."

"예, 꽤 드문 한자인데요."

빙긋 웃었다. 하얗고 고른 이가 보였다.

---

*원문의 福笑い(후쿠와라이)는 따로 풀어서 해석하면 '복되게 웃는다'는 뜻이지만, 한편으로 종이로 된 얼굴에 눈코입을 붙이며 노는 전통놀이이기도 하다.

그녀는 자연스럽게 앞을 바라보며 조금 아득한 눈빛으로 하늘을 우러러보았다.

콧날이 부드럽게 솟아 있었다. 얇고 보기 좋은 모양의 입술과 턱선, 뺨까지 전부 부드럽고 기품 있는 선을 그리고 있었다.

"날씨가 좋네."

나는 뭔가를 얼버무리듯 말을 걸었다.

"아…… 예."

흐쿠주 씨는 다시 빙긋 웃었다.

차로를 건너 돌다리에 발을 들였다.

"이 강이 연못까지 쭉 이어져 있어요."

그녀가 강이 뻗은 방향을 가리켰다.

"길 도중에 가늘게 시냇물처럼 흐르는 수로가 있는데, 왠지 거기가 좋거든요."

분위기가 어색해지지 않도록 신경 써 주는 걸 알 수 있었다. 좋은 집안에서 자란 아이일지도 모른다는 생각이 들었다.

"난 이 앞에 있는 키노 미술대학이라는 곳에 다녀."

"아아, 알아요."

"거기에 있는 만화학과 소속이거든."

"만화학과요?"

"특이하지? 일본에는 거기뿐이라는 모양인데, 흔히 말하는 만화가 아니라 카툰이란 걸 허."

"카툰……."

"신문에 실린 풍자만화 같은 거, 알아?"

"대충은요. 본 적이 있을지도 모르겠네요."

"바로 그거야."

"특이하네요."

"응. 후쿠주 씨는? 대학생이야?"

"미용 전문학교에 다니고 있어요."

"그럼 미용사가 되겠구나?"

"그렇긴 한데……. 으음, 조금 고민 중이에요."

대화하다가, 그녀의 가장 아름다운 점은 목소리가 아닐까 하는 생각을 했다.

맑고, 부드럽고, 졸음이 올 정도로 치유된다.

그렇다. 그녀의 전체적인 이미지를 한마디로 나타낸다면 바로 치유다.

"예쁘네요."

강변의 벚꽃을 보고 그녀는 눈을 가느다랗게 떴다. 느낌 그대로의 솔직한 말투였다.

"오늘 오면서, 벚꽃이란 신기하다는 생각을 했거든."

나는 말했다.

"꽃이 피고 나서야 '아, 여기에 있었구나'라고 깨닫게 된다고나 할까. 그 시기가 아니면 전혀 의식하지 않는다는 생각이 들어서."

그러자 그녀는 깜짝 놀라 눈을 크게 뜨고,

"확실히 그러네요. 맞다."

맞다, 라고 말하는 억양이 정말 귀여웠다. 스스로를 타이르듯, 장난스러운 온화함이 느껴졌다.

나는 그녀를 과소평가했을지도 모른다.

치유계의 외모도, 몸에 익힌 센스도, 배려심도, 목소리도 몸짓에서 자연스럽게 나오는 애교까지도 전부 '완벽'이라는 라벨이 붙어 있었다. 헛웃음이 나올 정도로 산봉우리의 꽃 같은 존재였다.

내 마음속에서, 지금 이렇게 그녀와 함께 있다는 실감이 옅어질 것 같았다.

어째서 이렇게 잘되었을까. 엉뚱한 짓을 하고 있는 건 아닌가, 라는 두려움이 생겨났다.

그때 뺨에 시선을 느꼈다.

돌아보니 그녀가 가만히 뺨을 바라보고 있었다.

눈이 마주쳐도 그 상태 그대로 움직이려 하지 않았다. 애절하면서도 진지한 표정으로, 마치 그림 모델을 보고 인상을 머릿속에 새기려 할 때와 비슷한 눈빛으로 나를 바라보고 있었다.

"……왜요?"

후쿠주 씨는 얼버무리듯 살짝 애교를 드러냈다.

나는 숨쉬기 괴로울 정도로 두근거리며,

"저게 아까 말한 수로야?"

"예, 왠지 좋은 느낌 아닌가요?"

"지면과 같은 높이에 이렇게 물이 많이 흐르고 있구나."

"벚꽃 잎이 떠 있네요."

"응."

주위가 점점 공원에 걸맞은 분위기로 변했다.

신록의 나무들로 둘러싸인 커브를 꺾으니, 개를 산책시키고 귀가하는 할머니나 러닝하러 가는 아저씨가 스쳐 지나갔다.

"내가 사는 동네에 야마다이케 공원이란 곳이 있는데 여기랑 분위기가 비슷해."

그런 대화를 나누며 연못에 도착했다.

이런 연못은 대체로 연못이라는 단어의 아담한 어감과는 동떨어진 크기를 하고 있는데, 여기도 상당했다.

낮은 산에 둘러싸인 연못이 그대로 러닝 코스로 쓰이고, 건너온 긴 돌다리 건너편에는 현대 건축물인 교토국제회관이 보였다.

우리는 코스 도중에 있는 정자에 들어갔다.

서양식 건물의 발코니처럼 생긴 구조물이 연못 쪽으로 나 있어서, 우리는 그 돌담에 기대어 연못을 바라보았다.

수면이 바람에 흔들려 흰 비늘 모양으로 변했다. 그 바로 밑에서 잉어가 몇 마리나 헤엄치고 있었다.

"잉어가 있어."

"다들 크네."

그녀의 말투가 한순간 편해졌다, 라고 생각한 직후에.

'하나 물어봐도 되나요?'

조용하고 신중한 목소리로 변했다.

'어째서 저한테…… 그…… 어디가…….'

나는 돌아보았다. 한 박자 늦게, 그녀가 눈빛만으로 대답했다.

솔직히 말하기로 했다.

"모르겠어."

그것 말고는 할 수 있는 게 없다고 생각했으니까.

"본능……이었을 거야."

그녀는 말없이 듣고 있었다. 나는 수면을 내려다보며,

"이 사람이라는 직감이 마음속에 생겨나서, 갈 수밖에 없다고 생각했어. 그게 아니라면 무리였을 거야."

기분 나쁘게 여기지는 않을지 불안해져서 그녀의 안색을 살폈다.

또 그 눈빛이었다.

그곳에 있는 존재의 인상을 각인하려는 듯한, 신비로울 정도로 의미심장한 눈빛.

진지하게 들어 주는 거라고 해석하고, 나는 용기를 쥐어짜 냈다.

"넌 엄청나게 예뻐서 나한테는 허들이 높으니까…… 도

저히 다가가지 못했을 거야."

"그렇지 않아."

조금 먹먹한 목소리가 들렸다.

그녀의 눈 속에 담긴 수면이 떨리고, 한순간 웃음기를 지우고 다시 연못을 바라보았다.

그리고 물속에서 얼굴을 내밀듯, 위를 보더니 천천히 눈을 감고 호흡했다.

마치 길고 긴 무언가를 끝낸 것 같은 숨결이었다. 비경의 답파나 오래된 연구를 달성한 것처럼, 과정을 공유하지 않은 사람은 끼어들 수 없는…… 그런 감각마저 담겨 있었다.

눈을 뜨고 하늘을 보았다. 공허한 듯하기도, 혹은 깊게 잠긴 듯하기도 했다.

나는 고백 직후에 찾아온 그 고요함을 견디지 못하고 말했다.

"미안. 기분 나쁜 얘기였을지도 모르겠네."

그녀는 아니라며 고개를 가로저었다.

내 가슴은 기대와 불안으로 부풀어 올랐다.

그녀가 뭔가 떠올랐다는 듯이 손목시계를 보았다. 가느다란 가죽 밴드를 사용한 심플한 디자인의 정통파 시계였다. 그녀답다고 생각했다.

문자판을 보자마자 소나기처럼 표정이 흐려졌다.

"일이라도 있어?"

"응."

절박한 분위기. 당장 가야 하는 모양이었다.

"미안해."

"아니야."

미안하다는 표정으로 웃는 그녀에게, 나는 태연한 척을 ㅎ-며 확인했다.

"또 만날 수 있을까?"

그 순간.

그녀가 울었다.

웃음에서 진지한 얼굴로 되돌아가던 그녀의 두 눈에서, 엄청난 기세로 눈물이 뚝뚝 흘러내렸다.

"아, 아앗……."

스스로도 놀랐는지 눈가를 가렸다.

뒤늦게 감정이 그 눈물을 따라잡았는지, 그녀의 표정이 왈칵 무너졌다.

안겨 왔다.

부드러운 감촉이 눈물의 뜨거움으로 전해졌다.

나는 무슨 일이 일어났는지 알 수 없어 가만히 있을 수밖에 없었다.

내 가슴에 얼굴을 묻으며 그녀는,

……괜찮지, 이건?

나는 이해할 수 없는 그런 혼잣말을 했다.

"무슨 일…… 있었어?"

그녀는 내 셔츠에 얼굴을 묻은 채 고개를 끄덕였다.

"조금…… 슬픈 일이…… 있었거든."

억지로 가볍게 말하려는 태도가 오히려 사실임을 전해 주었다.

전혀 깨닫지 못했다. 낌새도 없었다.

하지만 원래 그런 걸지도 모른다. 다들 무슨 일이 있어도 사람들 사이에 섞여 있을 때는 태연한 얼굴을 하고 있다. 이렇게 관계가 생기기 전에는 보이지 않는다.

사정을 물어봐야 할지 고민하는 동안 그녀가 몸을 뗐다. 내 팔을 잡고서 고개를 들었다.

눈물이 흐르는 눈으로 나를 바라보았다. 웃는 입술 사이로 하얀 이가 보였다.

"또 만날 수 있어."

그 말을 하는 그녀의 인상이 너무나 가슴에 사무쳐, 나는 멍해지고 말았다.

그게 조금 전 내 질문의 대답임을 알았을 때쯤, 그녀는 마음을 완전히 추슬렀는지 거리를 두고 스커트를 쓰다듬었다.

"또 봐."

"아……."

"미안. 이제 시간이 다 됐어."

한 걸음씩 뒤로 물러서며,

"또 봐."

"응, 조심하고."

그녀는 곤란한 웃음을 지으려다가, 등을 돌리고 종종걸음을 하기 시작했다. 몇 번이나 이쪽을 돌아보며,

"내일 또 보자~!"

벚꽃이 핀 길모퉁이 너머로 사라졌다.

반대편 기슭에서 웃음소리가 수면을 타고 전해져 왔다.

사방을 둘러싼 산은 온통 따스하고 편안한, 마음이 들뜨는 색으로 물들어 있었다.

집을 나올 때만 해도 이런 일이 일어날 거라는 상상은 하지 못했다.

나는 뒤늦게 방금 있었던 일과 아마 제대로 생겨났을 그녀와의 접점으로, 조금씩, 조금씩 기쁨을 키웠다.

∽ 2 ∽

나는 장래 일러스트레이터가 되고 싶다.

동시에 작가도 되고 싶다.

그래서 나는 매일 그림을 그리고, 소설을 쓰고, 취미로 작곡을 하고, 피아노도 조금씩 손대기 시작했다……는 꽤 충실한 날들을 보내고 있다.

오늘 밤에도 언제나 그렇듯 아무도 없는 식탁에서 소설을 쓰고 있었는데…… 전철을 타고 귀가하다가 깨달은 치명적인 실수가 머릿속에서 소용돌이쳐 한 줄도 쓰지 못하고 있었다.

메일이 왔다. 집에 도착했다는 친구 우에야마의 연락이었다.

우에야마는 근처에 사는 내 친구로, 유치원 입학 전부터 알고 지낸 사이다.

나는 '지금 갈게.'라고 대답하고 집에서 나왔다. 혼자서는 감당할 수 없는 실수였다.

근처 논의 철책을 넘어들어갔다. 주택과 국도로 둘러싸인 논이 그의 집으로 가는 지름길이다.

자동차 소리를 들으며 어두운 논두렁길을 가로지르자, 곧

눈에 익은 집이 보였다.

"실례합니다."

현관에서 그렇게 말하고 신발을 벗었다. 두 분 다 나라는 걸 아실 테니 이대로 들어가면 된다.

안에서 몰티즈인 칸키치가 짖었다. 계단을 올라 우에야마의 방으로 들어갔다.

"나 왔다."

내가 말하자 카펫 바닥에 앉아 있던 우에야마가 눈만 돌려 나를 보았다. 이제 와서 꼬박꼬박 인사할 사이는 아니다. 나도 앉았다.

밤 10시를 지난 시각. 100퍼센트 자고 간다는 건 우에야마도 나도, 아저씨도 아주머니도, 우리 가족도 '우에야마네 갔다 올게.'라는 말이 나온 시점에서 다들 알고 있다.

우에야마는 키가 194나 되고 멋 부릴 줄도 알아서, 딱히 미남은 아니지만 여자한테 엄청나게 인기가 많다.

"그게 말이지."

난 그래서 우에야마에게 오늘 있었던 일을 상담하는 것이다.

역에서 후쿠주 씨를 불러 세웠다는 부분에서 우에야마의 눈이 크게 떠졌다. 원래 표정이 그대로 드러나는 녀석이기도 하지만, 내가 그런 짓을 했다는 게 의외라서 그렇겠지.

"이 자식, 제법인데?"

우에야마가 펄쩍 뛰듯 앉은 자세를 바꿨다. 스스로도 대단한 짓이었다고 생각하기 때문에 그 부분은 자랑스러운 기분이 들었다.

"그래서 어떻게 됐는데?"

나는 타카라가이케로 가서 헤어질 때까지의 경위를 말했다. 그러자 우에야마는 내 치명적 실수를 정확하게 지적했다.

"연락처 안 물어봤냐?"

그랬다.

"야, 진짜로?"

우에야마가 이번에도 직설적으로, 놀라움과 어이없음 등등 다양한 의미가 포함된 한 마디를 내뱉었다.

나도 '그 흐름에서 꺼낼 수 있는 말도 아니었고 떠오르지도 않았다'라고 말하고 싶었지만, 어차피 무의미한 변명이다.

"이걸 어떻게 해야겠냐?"

"어떻게냐니……."

우에야마는 컵에 든 차를 마시며,

"음, 이름뿐?"

"그리고 미용 학교에 다닌다는 거랑…… 아, 내 학교는 말했어. 안다고 하더라. 학과도 가르쳐줬어."

"그럼 만나러 오지 않을까?"

즉흥적으로 하는 소리란 걸 노골적으로 드러내며 말했다.

"그러려나……."

"모르지, 뭐."

내가 고민하자 우에야마가 어깨를 툭 두드렸다.

"괜찮아, 인마! 감이긴 하지만."

엄청나게 속 편한 소리지만, 나는 분명 이 말을 듣고 싶어서 이 녀석을 만나러 온 거다.

오전 1시가 다 되어 이불을 깔았다. 형광등이 꺼지고 방이 캄캄해졌다.

"저기, 어째서 나를 껴안았을까?"

나는 말을 걸었다.

"글쎄, 별난 아이네."

"딱히 별나다는 느낌은 없었는데."

이야기가 끊겼다. 우리 둘로서는 알 도리가 없는 일이었다.

"아, 그런데."

우에야마가 별거 아니라는 톤으로 "난 요리사가 되기로 했어."라며 전혀 조짐이 없었던 정보를 갑자기 내던졌다.

"……어째서?"

"나 쿠라완에서 알바하고 있잖아?"

"응."

쿠라완은 이 지역 레스토랑 이름이다.

"그러다가 갑자기 그런 생각이 들더라고."

"……그렇구나."

"엉."

서로 잠이 들기 시작하는 침묵 속에서, 나는 문득 '그런 거구나'라고 생각했다.

만남이란 갑작스러워서, 어제오늘 사이에 자신이 완전히 바뀌어 버린다. 그런 것이다.

눈을 감으니 곧바로 후쿠주 씨가 떠올랐다.

가슴이 답답해져서 정말로 괴로웠다.

'또 만날 수 있어.'

그녀의 말과 웃음을 부적처럼 떠올리며 나는 잠에 빠졌다.

·

～3～

너가 다니는 학교에는, 동물원에서 펜크로키를 하는 커리큘럼이 있다.

크로키란 스케치보다 더 간단한 그림이라 생각하면 쉽다.

2교시를 끝마치고 학교 건물로 향했다. 산속 캠퍼스의 가장 안쪽에 만화학과 건물동이 있고, 그곳에 각 학년 교실이 있다.

검은색 문을 여니 이곳저곳에 클래스메이트들이 있었다. 사람 수도, 분위기도 정말 '학급'이라는 느낌이라 대학인데도 고등학교와 그다지 다를 게 없다.

나는 자리에 앉아 직접 만든 도시락을 먹고, 로커에서 B5 크기 켄트지와 스푼펜의 펜촉을 보충했다.

교실을 나올 때, 잡담하는 클래스메이트들이 눈에 들어왔다.

과제에도 별다른 열의를 보이지 않고 늦게까지 여기서 시간만 보내는 인상의 멤버들.

저게 무슨 짓인가, 라고 생각했다.

부모가 비싼 학비를 내줬는데 어째서 저렇게 무의미한 시간을 보내는 걸까. 그러는 동안에 할 수 있는 일이 좀 더 많이 있을 텐데.

그런 이유도 있어서 나는 대학교 2학년에 벌써부터 선민의식에 눈떠 버렸다. '나는 저 녀석들과 다르다. 좀 더 위로 올라갈 인간이다' 같은.

대학 2학년인데 중2병. 도저히 남에게는 말할 수 없다. 하지만 그에 걸맞은 노력은 하고 있다고 생각하고, 반드시 바라는 대로 될 거라고 남몰래 믿고 있다.

케이한 전철의 산조 역에서 헤이안 신궁의 거대한 토리이 (처음 보면 놀란다)를 가로지르면, 교토 시립 동물원이 나온다.

창구에서 학생증을 보여주며 학교에서 받은 용지를 건넸다. 시의 협력으로 우리는 이 종이에 이름과 학번만 적으면 무료로 입장할 수 있다.

게이트를 지나자 완전히 눈에 익은 거대한 돔형 새장이 맞이해 주었다.

일단 뭘 그릴지 고민하다가, 한동안 안 그렸던 기린 쪽으로 가기로 했다.

크다. 처음 왔을 때는 존재감에 압도당했다.

나는 클립보드에 끼워놓은 켄트지와 PILOT 잉크, 펜을 꺼내고 펜촉을 잉크에 담가 그림을 그리기 시작했다.

오늘은 햇빛이 강해서 종이가 심하게 반사된다.

'……'

녹색을 계속 봐서 피로가 쌓인 눈을 쉬게 하며, 나는 그녀를 떠올렸다.

오늘은 등교하는 전철 안이나 대학교, 그리고 여기에 올 때까지 쭉 그녀의 모습을 찾고 있다.

하지만 어디에도 없어서, 어제 일이 점점 꿈처럼 흐릿해지는 게 무서웠다.

이젠 못 만날지도 모른다는 불안과 믿어야 한다는 의지. 그녀가 떠오를 때마다 가슴이 조여드는 것 같아, '아아, 괴롭다.'라고 생각했다. 달콤한 아픔이란 누가 한 말이던가.

"여어."

클래스메이트인 하야시가 왔다.

하야시는 눈썹과 속눈썹이 전부 짙은 녀석으로, 미키마우스 성대모사가 특기다.

"왔냐. 시마부쿠로랑 니시우치는?"

"오고 있어."

나를 포함한 이 넷이 내가 소속된 그룹이다. 전원 케이한 전철로 통학하기 때문에 '케이한 파'로 불린다. 과제도 열심히 하는 성실한 그룹이라고 생각한다.

하야시와 나란히 크로키를 하다 보니,

"그런데, 너 어제 타카라가이케에서 내리지 않았냐?"

"……."

몸이 굳었다.

……어쩌지? 아니라고 할까? 아니, 그건 위험하다.

"있었냐?"

"앞 차량에."

"그렇구나."

"혹시 여자한테 말 걸지 않았어?"

심장이 뛰고 순식간에 모공이 확장되었다. 거기까지 보다
니.

"무시무시한 기세로 달려가던데."

"……아, 응."

"설마 너……."

"……."

"치한이었냐?"

"그 짓을 그렇게 활동적으로 하겠냐?"

"그럼 뭔데?"

"……떨어뜨리고 간 물건이 있길래 갖다 주려고 간 거야."

"흐음~. 뭐, 네가 헌팅을 하진 않았을 테니."

"하하하."

실은 정확히 그거지만.

기린이 이쪽에 엉덩이를 들이댄 채로 땅에 난 풀을 뜯었다.

움직임이 멈췄다. 기회다. 나와 하야시는 펜을 움직였다.

…….

그리기 시작하자마자 긴장감을 느꼈다.

여기까지는 그림이 정말 잘 나왔다.

잘 그려지고 있다. 하지만 당연히 펜이니 수정할 수 없다. 이제 와서 실수를 저지르면 전부 없던 일이 된다.

하지만 기린은 같은 포즈로만 있어 주지 않는다. 나는 눈에 힘을 주고 단숨에 선을 그었다.

──좋아!

완성했다. 투시도 제대로 잡혔고, 특히 엉덩이 라인이 잘 그려졌다.

"좋은데?"

뒤에서 목소리가 들렸다.

보통은 꽤 오랜 사이가 아니면 등 뒤의 목소리만으로 누구인지 곧바로 구분하긴 힘들다.

하지만 그녀의 목소리는 곧바로 알 수 있었다.

돌아보니…… 후쿠주 씨가 너무나 태연한 표정으로 서 있었다.

한순간 머리가 새하얘진 나를 본체만체하고, 그녀는 그리던 크로키를 보더니,

"앗, 교실 벽에 붙는 그림이네."

"어?"

"아냐, 엉덩이 라인이 잘 그려졌구나."

"그렇지, 여기가 잘되었어."

나는 스스로도 좋다고 생각한 부분을 칭찬받아 완전히 기분이 좋아졌다.

"목도 원근감이 잘 잡혔고."

"응응, 좋다아."

다아, 하는 말투가 참을 수 없이 귀엽다. '아'의 끝에 살짝 받침 'ㅇ'이 섞여 있는데, 그 장난스러운 말투에는 비꼬는 느낌이 없었다.

"후쿠주 씨도 그림 그려?"

"전혀. 편지 같은 데다 살짝 그리는 정도야."

어쩐지 잘 그릴 것 같다는 생각이 들었다.

하야시의 시선을 느꼈다.

느끼긴 했지만 뾰족한 수도 없으니 일부러 모른 척하고 그녀와 대화를 이어갔다.

"여긴 어쩐 일이야?"

"아는 사람한테 물어봤어. 그 학과 2학년이라면 지금은 여기에 있을 거라더라."

그렇게 말하고 미안하다는 표정을 지었다.

"미안해. 연락처를 알아둘 걸 그랬지."

"아냐, 전혀."

정말로 전혀다, 전혀.

"안녕하세요."

그녀가 하야시에게 말을 걸었다.

"키나미야마 군의 친구인가요?"

정말로 자연스러운 인사말이었다. 그 분위기만으로 그녀의 배려심이나 커뮤니케이션 능력이 전해져 왔다. 하지만.

"아, 예."

이 녀석이 이렇게 긴장하는 모습은 처음 봤다.

아무리 자연스러워도 처음 보는 귀여운 아이가 말을 걸면 긴장한다. 남자인 나는 그 감각을 너무나 잘 안다.

하야시는 어색한 표정으로 나를 보며,

"그럼 난 사자 그리러 간다."

분위기 파악과 도주를 반반 섞은 뉘앙스로 멀어져 갔다. 나중에 분명 이것저것 캐묻겠군.

그녀는 녀석의 뒷모습을 잠시 바라보다가, 이쪽으로 고개를 들려,

"미안해."

"아니, 괜찮아."

목소리 끝이 올라간다. 고양되는 기분을 도무지 억누를 수 없었다.

또 만났다.

거다가 아는 사람에게 물어보면서까지 찾아와 주었다.

이건 뭐랄까, 괜찮은…… 거 아닐까?

몸 안쪽의 기압이 없어진 느낌이 들고 손끝이 저릿저릿했

다. 진정이 되지 않은 채 잉크 뚜껑을 닫으려 했다.

"앗."

병이 기울어져 잉크를 엎을 뻔했다. ……세이프.

"미안, 괜찮아."

굳은 자세의 그녀에게 말했다. 그녀는 안심한 표정으로,

"조심해야지? 중요한 그림이니까."

"응."

그렇다. 이건 확실하게 제출할 수 있는 그림이다.

"당황했거든. 갑자기 나타나서."

그러자 후쿠주 씨는 수줍은 듯이 시선을 피하더니, 그 표정을 가리듯 방긋 미소를 지었다.

"내일 또 보자고 말했잖아?"

큰일이다. 히죽거림을 참을 수 없다.

나는 태연한 척 입가를 숨기며,

"으음, 이 동물원은 처음이야?"

"응."

"그럼 안내해 줄게. 자주 오니까 완벽하게 설명할 수 있어."

그리고 나는 그녀와 원내를 돌았다.

눈앞의 기린을 시작으로, 배에 중압감이 오는 사자의 울음소리나 코끼리와 코끼리 대변의 크기, 타조와 뭐가 다른지 잘 알기 힘든 에뮤의 큰 눈, 체험관에 있는 염소나 양의

느긋한 얼굴.

후쿠주 씨는 깜짝 놀라기도 하고 웃기도 하고, 정말로 즐거워 보였다. 솔직히 동물원은 이미지보다 훨씬 즐겁게 놀 수 있는 장소라고 생각한다. 그녀의 반응이 좋아 나도 기뻤다.

클래스메이트와도 몇 번 마주쳤지만, 옆에 있는 그녀를 보고 오히려 말을 걸지 않았다.

우리는 펭귄이 노는 물가 앞의 벤치에서 쉬고 있다.

"귀여워라."

훔볼트 펭귄에 대한 반응도 대단히 좋았다.

그렇게 즐거운 시간을 보낸 후에, 우리는 느긋한 기분에 빠져 있었다.

자연스레 소리가 없어져, 나는 별생각 없이 그녀를 보았다.

셔츠 소매로 드러난 팔이 너무나 예뻐서 놀랐다.

여자의 팔은 대체로 예쁘지만, 그런 정도가 아니다. 피부의 깨끗함과 빛이 날 정도의 광택이 한눈에 전해져서, 나조차 엄청나게 잘 관리하고 있다는 걸 알 수 있었다.

넋을 잃기보다는 어째서 그렇게 완벽함의 라벨만 붙어 있는 거냐고 딴죽을 걸고 싶은 느낌이었다.

하야시도 그랬지만, 원내를 걷다 보면 주변 사람들이 그녀에게 반응하는 걸 잘 알 수 있다. 그녀가 이목을 끄는 외모와 분위기의 소유자임을 다시금 실감했다.

나는 감히 그녀의 팔을 보지 못하겠다는 듯이 시선을 피했다.

"어린 시절에 죽을 뻔한 적이 있는데."

어쩐지 정적을 깨야 한다는 기분이 들어, 나는 내 단골 소재를 말하기 시작했다.

"다섯 살 때 지진이 있었거든. 그 대지진 있잖아. 우리 집도 엄청나게 흔들려서, 으음……, '반괴'되었어."

그녀가 눈을 크게 떴다.

"아냐, 괜찮아. 다들 무사했고 보험금도 받았으니까. 하지만 대단했어. 아, 후쿠주 씨는 괜찮았어?"

"응."

"그렇구나. 아무튼 대단했잖아? 흔들림이 말이야. 이불 위에서 아무것도 못 하고 멍하니 '집이 무너질지도 몰라'라고 생각했거든. 그랬는데 집이 처음 듣는 소리를 내면서 기울어지고, 이상한 냄새가 나서…… 보니까 이불이 불타고 있더라고. 전기스토브 때문에. 이불은 걷어냈지만 다른 건 아무것도 할 수 없었거든. 그야 다섯 살이고 집은 삐걱거리니까, 엉엉 울기만 했지. '난 이렇게 죽는구나'라고. ……그때."

나는 한 차례 숨을 쉬고,

"베란다 창문이 열리고, 처음 보는 아주머니가 들어왔어."

"아주머니?"

"응. 처음 보는 사람이었어. 팔을 잡고 일으켜 세우더니 그대로 업더라고. 아마 '꽉 잡으렴.' 같은 소리를 했던 것 같아. 그래서 베란다로 나와서, 거기서 아래로 내려갔어. ……덕분에 살았지."

"……그랬구나."

한참 전에 끝난 일인데도 그녀는 살짝 촉촉한 눈동자로 답했다.

"내려가자마자 내 방 창문에서 커진 불길이 활활 솟아 나오는 게 엄청나게 기억에 남았거든. 그대로 있었다면 분명 죽었을 거야. 그러니까 그 아주머니는 정말로 생명의 은인이야."

"그 사람은 그 후에 어떻게 되었어?"

"다행이네, 라는 느낌으로 나를 끌어안아 주셨어. 좋은 냄새가 났지. 확실히 기억은 안 나지만 예쁜 사람이었어. 금시 부모님 목소리가 들려서 거기서 헤어졌는데. 나중에 찾아봤지만 없더라. 하지만 그 후에……."

스피커에서 거친 음질의 음악이 흐르기 시작했다. 폐원 30분 전이라는 안내방송이었다.

"벌써 4시 반이네."

올려다보니 확실히 하늘이 어둑했다.

"미나미야마 군."

그녀가 내 이름을 불렀다.

"아, 미나미야마 군이라고 불러도 돼?"

"물론이지."

"실은 나도 죽을 뻔한 일이 있었어."

후쿠주 씨가 말했다.

"그래?"

"응. 게다가 같은 다섯 살 때."

나는 놀랐다.

"어때, 우연이지?"

밝게 웃었다.

나는 그 표정에서 하늘에는 없는 석양빛을 본 기분이 들었다.

"갈까?"

"응."

벤치에서 몸을 일으켰을 때, 앗, 하고 깨달았다.

연락처를 물어봐야 한다.

"왜 그래?"

"으음……. 연락처, 물어봐도 될까?"

내가 긴장하며 말을 꺼내자,

"아, 그랬지!"

그녀가 크게 눈을 떴다.

"그것 때문에 와 놓고선."

대체 뭐하는 거야, 라며 수줍게 웃었다. 약간 낮은 본래 목소리가 나오는 점이 귀여웠다.

나와 연락처를 교환하기 위하 와 주었다는 말에, 나는 한
없이 고양되는 기분을 억누르느라 고생했다. 귀와 뺨이 뜨
거워지는 걸 어떻게든 쓰다듬어서 얼버무리려 했다.

우리는 다시 벤치에 앉았다.

"전화번호면 돼?"

"응. 말해 주면 입력할게."

"잠깐만."

그녀가 가방을 열었다.

'하숙집이라 아직 외우지 못했거든."

그렇게 말하며 메모장을 꺼냈다. 표지가 닳아 세월이 느
껴지는 물건이었다.

"앗, 이쪽이 아니네."

허둥거리며 새것을 꺼냈다.

"난 한 번 마음에 든 건 계속해서 쓰는 편이거든."

너 시선의 의미를 제대로 느껴 주는 것 같다. 역시 대단하다.

나는 075로 시작되는 그녀의 번호를 등록하고, 그녀는 내
휴대전화의 번호와 메일 주소를 가느다란 볼펜으로 메모했다.

"이거면 돼?"

"응."

그렇게 나는 그녀와 연락처를 교환하는 데 성공했다.

"인마, 약속을 잡았어야지."

우에야마가 지적했다.

"어?"

"어디든 들러서 차를 마시든 밥을 먹든 했어야지. 최소한 데이트 약속이라도 잡았어야 하는 거 아니냐?"

나는 허를 찔렸다.

밤에 다시 방까지 와서 오늘 있었던 일을 흥분하며 보고한 나에게, 우에야마는 어이없다는 표정으로 말했다.

"하지만…… 너무 성급하지 않냐?"

그러자 우에야마는 '뭐?!' 라고 말했다.

"너 고백했다며?"

"응."

"그리고 그 후쿠주란 사람은 일부러 물어보기까지 해서 네가 있는 곳으로 왔다며?"

"……응."

"그런데 연락처만 교환하고 귀갓길에 그냥 헤어지다니 말도 안 되잖아."

등골이 서늘해졌다.

"그런……거냐?"

"아마 헤어질 때 '어라?' 라고 생각했겠지. '이 사람은 나를 좋아한다면서 어째서 그냥 가지?' 라고."

"……."

내가 저지른 짓의 심각성이 점점 나를 짓눌렀다. 잘되어 간다고 들떠 있던 분위기가 순식간에 '실수'로 반전했다.

"어, 어떻게 해야 하지?"

"뭐, 네 얘기를 들으면 호감은 충분한 것 같으니까 괜찮다고 생각은 하는데."

"그, 그래?"

나는 안심해서,

"호감은 충분한 것 같냐?"

"아마도."

"그렇구나. ……그렇구나."

조금 전에 느낀 불안감의 체증이 내려가고, 흥분으로 가득 찼다.

우에야마는 그런 나를 가만히 보다가 갑자기 말했다.

"지금 당장 전화해."

"어?"

"데이트 약속하라고."

"……지금?"

"지금."

"하지만……."

"뭘 쫄고 그래. 전화하는 것뿐이잖아."

것뿐이라니. 초급 코스를 안내하는 상급자의 얼굴로 말하지만, 그 초급 코스도 나한테는 너무 어렵게 느껴진단 말이다.

그제까지만 해도 신경도 쓰지 않았던 낮은 연애 경험치가, 감춰져 있던 빚이 되어 내 앞길을 가로막았다.

"너, 그 정도도 못 하면 앞으로 여자 못 사귄다."

가슴에 파고드는 한마디. 예전에 같은 말을 들었을 때는 쓸쓸하게 웃으며 흘려보낼 수 있었는데, 지금은 정말 아프게 느껴졌다. 왜냐하면 그렇게 되는 게 싫었기 때문이다.

좋아하는 사람이 있기 때문이다.

"알았어……. 전화할게."

"좋아."

나는 휴대전화를 꺼내서 후쿠주 씨의 번호를 띄웠다.

"처음엔…… 뭐라고 말하면 돼?"

"그야 오늘은 고마웠다든가."

"잠깐만. 펜이랑 노트 좀 빌려줘."

"뭐? 진심으로 하는 소리야?"

"너처럼 익숙하지 않단 말이다. 초보자라고."

스스로 말해 놓고도 한심하다. 어째서 그녀와 만나기 전에 레벨을 올려 두지 않았을까.

이런 일은 생각해 본 적도 없다.

종이에 '오늘은 고마웠어.' 라고 썼다. 무슨 짓을 해서라도 그녀의 마음에 닿고 싶다. 닿고 싶다.

"다음은?"

"뭐…… 놀라긴 했지만 기뻤다든가. 그리고…… 주말에

시간 있어? 같은 흐름으로."

"앗, 어디에 가자고 하면 되지?"

"그 정도는 직접 생각해."

"……어, 영화는?"

"좋네, 뭐."

"아. 하지만 '첫 데이트로 영화는 피할 것'이라는 기사를 인터넷에서 본 것 같은데."

"헹. 아무것도 모르는 놈들. 안전한 패가 얼마나 소중한데."

나는 그런 것들을 쭉 메모했다.

"……그럼 건다."

"응."

휴대전화의 '후쿠주 에미'라는 표시를 보니 이런저런 걱정이 들었다. '지금은 이상한 타이밍 아닐까?' 혹은 '제대로 대화가 이어질까?' 같은.

——.

버튼을 눌렀다. 연결되기까지의 공백—— 울리기 시작한 벨소리. 가슴이 두근거리기 시작했다.

"휴대전화가 없다니, 정말로 특이하네."

구에야마가 중얼거렸다.

두 번째 전화벨이 끝까지 울린 후에 소리가 멈췄다. 그녀가 받았다.

『여보세요?』

"앗, 후쿠주 씨 댁인가요?"

스스로도 놀랄 만큼 말이 제대로 안 나온다.

『미나미야마 군.』

확신하는 말투로 이름을 불러줘서 상당히 안심했다. 이어
졌다는 기분이 들었다.

"으, 응, 지금 통화 괜찮아?"

『응, 괜찮아.』

"다행이다."

나는 곧바로 메모를 보고,

"오늘은 고마웠어."

우에야마가 웃음을 참고 있었다.

『아, 으응, 나야말로.』

전화기 건너편에서 들리는 그녀의 목소리는 더욱 예의 바
르고 깨끗한 느낌이었다.

『미안해, 깜짝 놀랐지?』

말하려 한 내용을 먼저 말했다.

"아냐, 전혀."

대답하면서 시선은 메모 위에서 헤매고 있다.

그러자 우에야마가 메모를 빼앗았다.

"앗."

『어?』

"아냐, 아무것도. 으음…….."

메모를 잃어버린 나는 내 캄캄한 머릿속에서 말을 주워담았다.

"와 줘서, 정말로 기뻤어."

자연스럽게, 마음을 담아 말할 수 있었다.

우에야마가 히죽거리며 엄지를 치켜들었다.

"어제 연락처를 물어봐야 했는데, 잊어버려서 어떻게 해야 할지 몰랐거든."

『나도 그래. '앗' 하고 놀랐지 뭐야.』

동시에 웃었다.

좋은 느낌이었다.

우에야마가 입 모양만 움직여 '질러!'라고 말했다. 나는 눈빛으로 오케이했다.

'으음, 주말에, 시간 있어?"

『응, 괜찮아.』

"그럼 같이…… 영화라도 보지 않을래?"

『응, 좋아.』

너무나 간단히 승낙하기에, 나도 흐름을 타고,

"아, 다행이야. 그럼 언제가 괜찮아?"

의외로 평소의 내 스타일대로 약속을 정했다.

"그럼 토요일에 보자. 잘 자."

『응, 잘 자.』

서로 끊을 타이밍을 탐색하는 낯간지러운 시간이 이어졌다.

귀를 떼고 가만히 엄지로 눌렀다.

그 순간…… 스위치가 켜진 것처럼 기쁨이 폭발했다.

"아자!"

우에야마에게 토해냈다. 우에야마의 가슴을 탕탕 두드리며,

"해냈어!!"

"야, 재수 없다."

우에야마는 쓴웃음을 지었다.

"잘됐네."

"그래……!"

나는 크게 두 번, 고개를 끄덕였다. 이 녀석이 있어 줘서 정말로 다행이라고 생각했다.

4

　토요일, 나는 산조의 카와라마치도오리 거리를 걷고 있었다.

　2시간 후로 다가온 데이트의 사전 조사.

　현지 정보에 밝지 않다고 말하자, 우에야마가 강하게 권유했다.

　녀석이 말하기를, 너한테 길을 미리 파악하는 정도의 여유는 필요하다, 헤매거나 망설이면 '앤 좀 아닌데' 라는 판정데 훨씬 가까워진다, 가볍게 돌아다녀 봐라, 어느 가게에 들어갈지도 점찍어 놔라, 라고 한다.

　참고로 우에야마 본인은 사전 조사를 해 본 적이 없단다. '그때그때 좋다고 생각하는 제안이나 결단을 하면 될 뿐'이라그. 나도 그런 소리 해 보고 싶다.

　산조에서도 동물원과 반대방향인 카와라마치도오리 거리에는 거의 오지 않는다. 가끔 큰 서점에서 책을 사는 정도다.

　'이런 곳에서 놀며 시간을 낭비하지 않는 금욕적인 내가 멋져서' 라는 중2병 때문이기도 하다.

　거리에 늘어선 세련된 가게들에 살짝 압도되었다. 휴일의 혼잡에 섞여 가볍게 길을 훑은 후에, 휴대전화의 지도를 보며 극장에 가기 시작했다.

"……."

하지만 솔직히 말해, 나는 사전 조사에 그다지 집중하지 못하고 있었다.

2시간 후의 데이트에 벌써 긴장했다는 점도 있다.

단…… 어제 있었던 모종의 사건이 신경 쓰인다는 점도 컸다.

어제, 대학에서 언제나 그렇듯 도시락을 먹으러 교실로 가니 벽에 크로키가 붙어 있었다.

그것은 저번에 제출해 돌려받은 그림인 것 같았다. 클래스메이트가 그린 펜크로키 중 12장이 선택되어 붙어 있었다.

교수님이 하신 게 아니라, 토쿠다라는 클래스메이트가 한 것이다.

우리 클래스에는 발군의 실력을 가진 녀석이 둘 있는데, 토쿠다가 그중 하나다. 그가 좋다고 생각한 그림을 멋대로 선택해 붙인 것이다.

그중에는 내가 그린 크로키도 있었다.

기린.

그것을 보고 나는 이 그림을 그릴 때의 일을 떠올렸다.

그녀가 뭔가 말하지 않았던가 하고.

정확한 글자 하나, 단어 하나까지 떠오르진 않지만, 확실히 '교실에 붙었다'는 식의 말을 했다는 기분이 든다.

다른 의미인데 잘못 들었을 가능성도 있지만, 나는 그게 신경 쓰여 다소 이상한 감각 속을 떠돌고 있었다. 이따가 그녀와 만나면 물어봐야지.

——이 상점가로 들어가는 건가.

지도를 확인하고 앞으로 나아갔다. 처음 오는 곳이라 이제까지 상점가가 있다는 사실조차 인식하지 못했다.

그때 곧바로 가게의 성향이 바뀌었음을 깨달았다.

저곳은 부채 가게인가?

쇼윈도에 형형색색의 부처가 펼쳐진 채 전시되어 있었다. 전통적인 분위기가 나는 게 교토다워서 좋다고 생각했다.

그녀는 이런 걸 좋아할까. 어쩐지 좋아할 것 같다는 기분이 들었다.

이렇게 걷다 보니, 카와라마치도오리 거리는 도회지라면 어디에나 있을 법한 가게라고 할까, 그런 곳들이 잔뜩 있다는 사실을 깨달았다.

재미있잖아, 여기?

그녀는 어떻게 반응할까? 아니면 와 본 적이 있을까?

나아가는 동안 다른 이름이 붙은 상점가에 발을 들였다.

행렬을 발견했다.

좌석이 없는 가라아게 가게로, 중고생 여자아이들이 쭉 늘어서 있었다. 나는 몰랐지만 여기저기에 점포가 있는 유명 가게인 듯했다. 슬쩍 보니 보통 사이즈가 200엔이었다.

먹어 볼까. 그러고 보니 점심도 아직 안 먹었다.

맨 뒤에서 줄을 섰을 때 문득 옆 가게가 눈에 들어왔다.

피자 가게. 마찬가지로 자리가 없는 테이크아웃 음식점이다. 원형 접시 위에 조각 피자를 늘어놓고 '1개 100엔'이라고 써 놓았다.

줄 선 사람은 아무도 없었다. 가라아게를 파는 옆 가게와 비교할 필요조차 없었다.

하지만 나는 이런 식으로 파는 피자를 본 적이 없어서 흥미가 생겼다.

이쪽도 먹어 보자. 100엔이니까.

줄에서 빠져나와 피자 가게 카운터로 갔다. 조금 용기가 필요했다.

접시에는 피자가 3종류 있었다. 나와 비슷한 나이 대의 모자를 쓴 여종업원에게 말을 걸었다.

"추천 메뉴는 어떤 거죠?"

"앞쪽에 놓인 게 방금 구운 거예요."

질문과 살짝 어긋난 대답이라고 생각하며, 그럼 앞쪽에 있는 걸로, 라는 생각에 마르게리타로 결정했다.

나는 살짝 뒤로 이동해, 플라스틱 접시에 놓인 피자를 시큰둥한 마음으로 한입 깨물었다.

깜짝 놀랄 정도로 맛있었다.

어? 어라? 이제까지 먹어 본 피자 중 최고 아닌가……?

배달, 패밀리레스토랑, 혹은 비교적 본격적인 가게에서 먹어 본 적도 있다. 하지만 그중에서도 최고였다.

나는 '어? 어?' 라고 생각하며 계속 먹었다. 식감이 엄청나게 좋았다. 반죽도 좋지만, 전체적으로 열이 놀라우리만치 잘 퍼져서 계속 입에 들어간다.

이게 어째서 100엔이지? 그리고 어째서 이 가게에는 줄이 안 생기는 거지……?

나는 진심으로 신기하게 생각하면서, 한편으로 '숨겨진 맛집을 발견했다' 라는 달성감을 느꼈다.

이거…… 맛보게 해 주고 싶다.

강하게 생각했다.

이 맛있는 피자를 후쿠주 씨에게 맛보게 해 주고 싶다.

그때 나는…… 퍼뜩 깨달았다.

뭔가가 보일 때마다 그녀를 생각하는 나 자신을.

재미있는 장소를 보면 그녀에게 보여줘야겠다고 생각하고, 맛있는 음식을 먹으면 그녀에게도 맛보게 해 주고 싶어한다.

어떻게 반응할까? 좋아할까? 기뻐해 줄까…….

이제까지와 달리, 나 혼자만의 '좋았어' 로 끝나는 게 아니라 자연스럽게 그녀와 공유하고 싶어진다.

아아…….

사람을 좋아하게 된다는 건, 이런 거였구나.

붐비는 인파 속에서 나는 실감했다.

정말로 깨끗한 감정으로 가슴이 충만해졌다.

앞으로 그녀와 어떤 관계가 되더라도, 나는 이런 심경이 존재한다는 사실을 알려준 그녀에게 감사하게 되리라.

그렇게 생각했다.

∽ 5 ∾

20분 전이 되어 약속 장소로 이동했다.

그동안 서점이나 맥도날드에서 시간을 보내고, 휴대전화를 보며 너무나 천천히, 하지만 착실하게 다가오는 약속 시간에 긴장해 다리가 근질거리는 걸 참으면서 시간을 보냈다.

로손을 지나, 역으로 가기 위해 산조 대교를 건넜다.

다리 밑으로 흐르는 카모가와 강가에 커플들이 나란히 앉아 있었다. 오늘은 휴일인 데다 날까지 따뜻해 정말 사람이 많았다. 나는 이제부터 후쿠주 씨와 데이트한다는 사실을 의식하고 다시 긴장했다.

강 앞쪽에는 시조 대교와 그곳을 건너는 사람들이 작게 보였다. 그리고 반대쪽으로 눈을 돌리자 멀리에 아련한 파란 산이 예쁘게 보였다.

케이한 산조 역의 계단을 내려가, 약속 장소로 지정한 '두불거리는 기둥 세 개'로 향했다.

그곳에—— 멀리서도 금세 알아차릴 수 있는 그녀의 모습이 있었다.

발견한 순간 몸의 흥분도가 변했다. 조건반사 회로가 생겨난 것처럼.

그녀는 놀라울 정도로 빠르게 나를 깨닫고 흰 치아를 드러냈다.

그녀의 웃음은 정말로 매력적이다.

나는 가볍게 손을 들어 대답하고, 최대한 태연한 척을 하며 다가갔다.

"일찍 왔네. 언제부터 와 있었어?"

"이삼 분 전부터."

"그렇구나. 다행이야."

그녀가 웃었다.

"그럼 갈까?"

"응."

데이트가 시작되었다.

옆을 걷는 그녀의 복장은 평소보다 조금이긴 해도 확실하게 화려해서, 데이트를 위해 준비했음을 알 수 있었다.

오늘도 놀라운 그 인상에 나는 처음에는 들뜬 기분이 들었지만, 얼마 지나지 않아 '또⋯⋯'라며 안절부절못하게 되었다.

왜냐하면 이번에도 '완벽'의 라벨이 붙어 있었기 때문이다.

자신에게 맞는 것을 적절하게 골라, 남녀 어느 쪽도 지적할 여지가 없을 만큼 '적절하게, 이상적인 정통파 여자아이'를 온몸으로 표현하고 있다.

내 시선을 깨닫고 그녀가 '응?' 이라는 뜻이 담긴 미소로
올려다보았다.

너무나 귀엽다.

"으음, 오늘 옷, 예뻐."

"고마워."

가만히 수줍어한다.

넌 어째서 그렇게 완벽함을 유지하려 하는 거야?

"와아~."

산조 대교에 펼쳐진 광경에 그녀가 작은 경탄을 내뱉었다.

카와라마치도오리 거리까지 가는 풍경은 예쁘지도 않고
장관도 아니지만, 교토다운 개성이 드러난다.

'이쪽에는 와 본 적 없어?'

'두 번…… 정도쯤. 예전에. 하지만 그다지 기억에 없어."

다리를 건너며, 호기심이 깃든 눈동자로 이곳저곳을 바라
보았다.

"앗, 저기 좀 봐, 미나미야마 군."

카모가와 강의 끝을 가리켰다.

"산이 예뻐."

"으."

"저 파란색의 그러데이션이 좋아."

"동감이야."

나와 같은 것을 발견하고 좋다고 말해 준 점이 기뻤다.

"잔뜩 있네."

이번에는 강가에 앉은 사람들을 보았다. 커플뿐 아니라 친구나 가족끼리 앉은 사람도 있었다.

"거의 같은 간격으로 앉아 있다는 게 어쩐지 대단한걸."

"그렇지, 어째서일까? 라인이라도 쳐져 있나? '여기입니다' 같은 붉은 선."

그런 대화를 나누며 손가락을 휙 움직였다.

꽤 흥분했네, 라고 생각했다. 별다른 근거는 없지만, 그녀는 평소보다 꽤 들뜬 듯이 보였다.

혹시 후쿠주 씨도 긴장하고 있는 걸까?

"앗, 저 스타벅스 엄청 예쁘다!"

그녀가 다시 새로운 표적을 발견했다. 로손 건너편, 카모가와 강에 면한 스타벅스였다.

"저기도 스타벅스 자리일까?"

건물 아래를 가리켰다. 둑 앞의 공간에 설치된 커다란 창문 너머로 소파에 앉은 사람들이 보였다.

"아마도?"

나도 가 본 적이 없으니 모르겠다.

"분명 그럴 거야. 좋아, 좋은 느낌이네."

"나중에 들러 볼까?"

"응!"

그리고 우리는 카와라마치도오리 거리에 도착해 상점가에 들어섰다.

"여기는 처음이야."

"그래?"

움직이다 보니 루트를 미리 봐 두길 정말 잘했다고 진심으로 생각했다. 그러지 않았다면 '정말 이쪽이 괜찮을까?' 같은 식으로 자신감 부족이 드러났을 것이다.

그녀는 호기심으로 빛나는 눈으로, 가게 앞에 진열된 상품을 템포 좋게 구경했다. 입꼬리가 올라간 입술이 귀여워, 어쩐지 고양이처럼 느껴졌다.

"앗."

그녀가 가장 관심을 보인 곳은 바로 그 부채 가게였다.

"저런 거 좋아해?"

"응."

"잠깐 보고 갈까?"

"응!"

그녀는 기쁜 표정으로 대답하며 물었다.

"시간은 괜찮지?"

곧바로 손목시계를 확인해 잘 체크하고 있다는 걸 보여주었다.

그리고 우리는 부채 가게의 쇼윈도 앞에 섰다.

벚꽃이 지는 평범하게 예쁜 무늬도 있고, 헤이안 시대의 두루마리를 베껴 그린 물건이나, 부채 전체에 달의 차고 기욺을 연속적으로 그려 놓은 물건도 있었다.

"이거 재밌다."

그녀가 달이 그려진 부채를 가리켰다.

"응. 이런 것도 있구나."

"그렇지?"

다가가서 보니 그녀와 완전히 접근하게 되었다. 온도가 느껴질 정도로.

복잡한 달콤함을 지닌 향기가 은은하게 풍겨 왔다. 그녀가 쓰는 향수는 익숙하지 않은 내가 맡아도 좋은 취향이라고 느껴져, 나는 속으로 가슴이 두근거렸다.

"후, 후쿠주 씨는 뭐가 좋아?"

들키지 않도록 그렇게 질문했다.

"……고민되네."

미간을 살짝 찌푸렸다. 무릎을 굽히고 뻗기를 반복하며 전시된 물품 하나하나를 꼼꼼하게 살펴보았다.

"으음……."

그렇게 진지하게 고민할 필요는 없지 않나 하고 생각했다.

다른 상점가에 발을 들이자마자 그녀가 곧바로 행렬을 발견했다.

"가라아게?"

시작이다.

나는 부자연스럽지 않도록 조심해서,

"저 옆의 피자가 엄청나게 맛있어."

'그래?"

맛있다는 얘기에 안테나가 곤두선 반응을 보였다.

"먹어 볼래?"

"응, 꼭."

카운터로 갔다. 다행히 아까와 다른 점원으로 교대되어,

"양쪽 피자가 방금 구운 거야." 라며 아는 척을 할 수 있었다.

돈을 내고 피자를 집었다. 그녀는 3종류 중 무엇을 고를지 잠시 고민했다.

'재밌다."

'이렇게 파는 건 흔치 않지."

"응. 그럼…… 잘 먹겠습니다."

그녀가 먹으려는 모습을 보며 나도 모르게 긴장했다.

괜찮을까? 통할 거다. 분명 맛있을 거야…….

그 답은── 한입 깨문 그녀의 빛나는 눈동자가 웅변해 주었다.

"갓있다!"

놀라는 모습도 솔직했다.

"갓있지."

"응! 어~, 대체 뭐지? 엄청나게 맛있는데?"

기세 좋게 먹는 그녀를 보며 나는 속으로 만세를 불렀다.
이렇게 우리는 최고의 분위기 속에서 영화를 볼 수 있었다.

∽6∽

'영화 재밌었지!'

"좋았어!"

으리는 극장에서 나오자마자 서로에게 말했다.

므난한 오락영화라고 생각한 스파이 액션이 걸작이었다. 보통 서로의 감상이 다르면 곤란하니 눈치를 보기 쉽지만, 그럴 필요가 없는 완성도 높은 오락영화였다.

"그 오프닝에 깜짝 놀랐어."

"맞아! 거기 대단했어. '우와~' 하고."

후쿠주 씨도 표정을 빛냈다.

"난 초일류 스태프가 '이제부터 우리가 전력으로 너희 관객들을 즐겁게 해 주겠어!'라고 선언하는 것처럼 보였어."

"아, 그런 식으로 보는구나. 역시 대단해."

"역시라니 뭐가?"

웃으면서 말하자 그녀도 비슷한 분위기로 고개를 끄덕였다.

"응, 역시야, 역시."

다단히 좋은 흐름이었다.

"그럼 뭔가 먹을까?"

일단 가게는 점찍어 놨다.

"앗. 저기⋯⋯."

"왜?"

"나 아까 그 피자 또 먹고 싶어."

그래서⋯⋯ 피자 가게에 갔다.

그녀는 다른 종류에는 눈도 주지 않고 아까와 같은 것을 골랐다.

두 장을 먹었다.

"난 한 번 빠지면 그것만 보거든."

그녀는 만족스러운 얼굴로 말했다.

"아아, 후쿠주 씨는 그런 타입이구나."

"미나미야마 군은?"

"난 다양하게 먹고 싶어 하는 쪽이려나. 옆 가게의 가라아게도 신경이 쓰여."

"⋯⋯! 아, 응. 확실히 그렇지. 신경 쓰여."

가라아게 가게를 보면서 미간에 주름을 잡았다.

"그럼 내가 살 테니까 하나 먹을래?"

"그래도 돼? 그럼 반 낼게."

"괜찮아."

나는 가라아게 가게에서 줄을 섰다. 짧은 줄인 데다 가게도 처리에 익숙해 금방 살 수 있었다.

"자."

"고마워."

그녀는 종이팩 안에서 가라아게를 집어 들었다.

그리고 동시에 먹었다.

……으음…… 맛있긴 한데…… 이건.

"평범하네."

"……그러게."

얻어먹은 그녀는 소극적이었지만, 표정에는 재미있을 정도로 ↷라는 화살표가 떠 있었다.

"이게 줄까지 서가며 먹을 맛일까~. 이거라면 오리진 도시락의 가라아게 반찬이 훨씬 맛있는데."

"거기 가라아게 맛있지!"

"그렇지? 거기도 이런 식으로 팔면 좋을 텐데."

'아, 좋다. 그럼 난 살 거야.'

그런 대화를 나누며.

"그럼…… 맞다, 스타벅스 갈까?"

"잠깐만."

그녀는 묘하게 진지한 표정으로 피자 가게에 가서……
아카와 같은 피자를 사 왔다.

당황하는 나에게 그녀는 이제까지 보여준 적 없는 단호한 표정으로 말했다.

'저 가라아게가 마지막이라니 납득할 수 없어. 나한테는 마무리가 안 돼."

후쿠주 씨는 재밌다.

"……유리 가면."

"……유리 가면일까."

""앗.""

두 사람은 동시에 놀랐다.

단숨에 읽은 만화가 있느냐는 화제에, 둘이서 동시에 말한 결과였다.

우리는 산조 대교 앞의 스타벅스에 와 있다. 내려가는 계단을 못 찾아서 그 강가 자리는 스타벅스가 아닐 거라는 결론을 내리고 카운터석에 앉았다.

여기도 창밖으로 탁 트인 카모가와 강을 바라볼 수 있는 좋은 장소다. 내가 사는 동네의 스타벅스보다 훨씬 세련된 실내에, 강하게 볶은 커피콩 향기가 희미하게 감돈다.

"대단하다."

"어지간해선 안 겹치는데."

"난 고등학교 도서실에서 읽고 빠져들었어."

"도서실에 있었다니 부럽다. 하지만 나도 고등학교 때거든. 열다섯 살 때."

"어, 정말로?"

그 외에도 사고방식 등이 대단히 비슷했다.

"난 '벌써 스무 살인가' 라는 생각을 해."

"그거 알아. 이상한 초조함이 생기지. 뭔가를 더 해야 하는데, 같은."

"맞아!"

'요즘, 복근 단련을 시작했어.'

'호오.'

'아저씨가 되어서 배 나오고 싶진 않으니까. 한번 찌면 빼기 거려울 것 같아서, 그럼 처음부터 예방하자는 의미로.'

'아, 그거 엄청 이해 가. 그럼 미나미야마 군도 그거지? 장례에 어떤 아저씨가 되고 싶다, 할아버지가 되고 싶다, 같은 생각 하지?'

'막연한 이미지는 있어. 할아버지가 되어도 곧게 펴진 등을 유지하고 싶다든가.'

"그렇지, 그렇지!"

드 주먹을 붕붕 휘둘렀다.

"나도 그래~, 이것저것 하고 있어. 아이가 '예쁜 엄마'라더 자랑할 수 있는 엄마가 되고 싶어."

될까. 짝맞추기 게임에서 카드를 적당히 뒤집는데도 죄다

맞아 들어가는 이상한 당혹감, 그리고 흥분.

그리고…… 역시 그렇구나, 라는 내면 깊은 곳에서의 납득.

그녀의 표정과 우리 사이에 있는 공기의 밀도가 변하는 것을 피부로 알 수 있었다.

화장실에 가려 하니 점원에게 외부 엘리베이터로 내려가라는 안내를 받았다.

시계를 보니 4시 반을 지나고 있었다.

벌써 두 시간 반이나 얘기했나.

화장실에서 돌아와 창밖의 거리를 보니 확실히 석양빛으로 물들어 있었다.

그 광경을 카운터석에서 가만히 바라보는 그녀의 온화한 분위기에 나는 남몰래 감동했다.

"아래에 있었어. 강가 자리."

옆에 앉으며 그렇게 보고했다.

"외부 엘리베이터를 타고 내려가는 거였어."

"그랬구나."

"갈래?"

"으음…… 창가 자리는 비어 있었어?"

"그렇진 않았을 거야."

"그럼 여기가 좋지 않을까?"

곧바로 말하더니,

"이거 봐, 이렇게 훤히 바라볼 수 있는걸."

창문을 향해 가볍게 팔을 펼쳤다.

확실히 그 말이 맞다. 원하는 것을 고를 때를 제외하면 그녀의 판단이 얼마나 빠르고 정확한지는 오늘 내내 실감했다.

"그러게."

나는 머그잔에 약간 남은 식은 커피를 마셨다.

문득 떠올랐다. 기린 크로키에 대해.

"저기."

"응?"

큭, 귀엽다.

"어제 학교에 갔더니 교실에 그 크로키가 붙어 있었어."

"그 크로키?"

"그 기린 있잖아."

"……아, 그거."

"후쿠주 씨, 뭔가 말하지 않았던가?"

"어?"

그녀는 음~ 하고 천장을 올려다보더니,

"엉덩이가 잘 그려졌지."

"그거 말고."

"……."

"거 왜, 벽에 붙는다든가 뭐라든가."

"……?"

목이 꾸구국 하고 꺾였다. 기억나지 않는 듯했다.

역시 기분 탓이었을까.

"아, 미안해. 됐어."

"뭔데? 신경 쓰여."

"정말로 아무것도 아니야."

"으음~? 아, 저기 좀 봐."

들뜬 목소리로 창밖을 가리켰다.

아래쪽에 펼쳐진 강가의 길에서, 니트 모자를 쓴 할아버지와 포메라니안이 산책하고 있었다.

할아버지의 3미터쯤 뒤를 엄청 작은 포메라니안이 꼬리를 흔들며 아장아장 따라가고 있었다. 열린 입에서 '헥헥' 하는 소리가 들릴 것 같다는 점이 정말 좋았다.

"귀엽네."

"귀엽다."

아장아장 걷다 보면 조금씩 할아버지에게서 멀어지는데, 어느 정도 멀어진 후에는 종종걸음으로 거리를 좁히고 다시 아장아장 걷는다.

후쿠주 씨가 '오오'라며 신음했다.

"저 달리는 모습이 귀여워서 도저히 못 참겠어."

"저 작은 강아지가 '이 이상 멀어지면 곤란해'라고 판단하는 부분이 귀엽지."

"재미있는 견해네."

"그런가아."

"미나미야마 군, 재미있어."

"후쿠주 씨도 재미있어."

서로 쿡쿡대며 웃었다.

땅거미가 짙어지고 카모가와 강은 해 질 녘의 분위기를 띠기 시작했다.

그 근처에 느긋하게 앉은 커플들도 같은 색으로 물들었다.

나는 한 가지 제안을 떠올렸다. 조금 긴장되지만, 이제까지의 흐름 덕에 스스로도 놀랄 만큼 자연스럽게 말을 꺼낼 수 있었다.

"저기, 가 볼래?"

그녀는 "응." 하고 고개를 끄덕였다.

∽ 7 ∽

물가에는 독특한 고요함이 있다.

수많은 사람이 지나다니는 산조인 데다 강물 떨어지는 소리가 계속 들리지만, 그래도 어쩐지 고요한 분위기가 있다.

"오늘 즐거웠어."

"응, 즐거웠지."

내 말에 그녀도 동의했다.

두 사람이면 이렇게나 다르구나, 하고 생각했다.

처음 산조에 왔을 때 관광하는 기분으로 여기에 앉은 적이 있다. 그때는 별 감흥 없이 금세 일어섰지만.

이렇게 둘이서 앉아 있는 지금은, 어쩐지, 좋다.

다들 이러고 있는 이유를 잘 알 수 있었다. 옆 커플의 대화가 어렴풋할 정도로만 들려오는 거리감도 좋았다.

"영화, 재미있었어."

"재미있었지."

"피자도 맛있었고."

"맛있었지."

자연스레 조용해진다.

건너편 기슭에는 자전거를 든 사람이 도로로 가는 계단을

오르고 있다. 둑에는 붉은 나뭇잎이 우거져 있고, 꽃잎이 반쯤 남은 벚나무가 드리워져 있다.

그런 것들을 바라보는 동안, 침묵에 불안해하지 않는 자신을 깨달았다.

'확실하게 사귀어 달라고 말해라.'

친구의 조언이 떠올랐다. 말하지 않는 것보다는 말하는 게 무조건 좋다고.

그녀를 바라보았다.

그 모습이 갑자기 멀어진 것처럼 보였다.

누군가와 사귄다는 건 대체 뭘까.

나에게는 그 경험이 거의 없다. 중3 말기부터 고1에 걸쳐 아무 일도 없이 자연 소멸한 경험 정도가 전부다.

그러니 어떻게 하면 좋은지, 그것이 대체 뭔지, 지금도 그 감각을 알지 못한다.

마치 철봉에 거꾸로 매달리기를 하는 것 같다. 하는 사람은 쉽게 하고, 하지 못하는 사람은 어떻게 하는 건지 짐작도 하지 못한다.

내 시선을 깨닫고, 그녀가 "응?" 하는 눈빛으로 돌아보았다.

"아니, 어쩐지 이상한 느낌이 들어서."

"뭐가?"

나는 지금의 내 생각을 정리했다.

"후쿠주 씨랑 이러고 있는 게."

그러자 그녀가 엷게 웃으며 수면을 바라보았다.

"그러게……."

중얼거린다.

"난 그런 거 처음이었으니까."

첫날에 한 고백 얘기라는 걸 알았다.

"아아……."

"데이트도…… 실은 미나미야마 군이 처음이야."

어? 하는 목소리가 새어 나왔다. 그건 상당히 의외였다.

"많이들 그렇게 생각하더라."

내 속마음을 깨달았는지 쓴웃음을 지었다.

"난 말이지, 그런 거 전혀 모르는데도 경험이 풍부할 거라는 취급을 받는 경우가 많아. 인기 있을 것 같다든가. 나도 전혀 모른다고 말하기는 부끄러우니까, 그러다 보면……. 하지만 내 쪽에서는 절대로 다가가지 못하고, 누군가가 먼저 접근해 주는 일도 없었고……. '연애 안 해요!' 같은 분위기를 풍기는 것도 아니라고 생각하는데 말이지."

나는 갑자기 수수께끼가 풀린 기분이 들었다.

그녀가 그런 상황이었던 건 온몸에 붙은 '완벽'의 라벨 때문이고, 만약 알고 있다고 하더라도 그녀는 그것을 뗄 수 없으리라는 사실을.

그녀는 자신에 대한 미의식과 향상심으로 노력하고 만다.

앞으로 나아갈 수는 있어도 결코 뒤로 물러설 수는 없는 것이다.

아까 뒤집은 한 쌍의 짝맞추기 게임 카드에 그렇게 적혀 있었다. 나는 그녀처럼 아름답지는 않지만.

"그래서 그때…… 갑자기 첫눈에 반했다는 말을 듣는 거, 조금 동경했으니까…… 기뻤어."

그런 거였나.

하지만 그때 나의 꼴사나운 부정적 사고가 속삭였다. 즉, 나는 처음 말을 걸었기에 운이 좋았을 뿐이라고.

'하지만 누구여도 상관없었던 건 아니야.'

눈치 빠른 그녀는 그 생각을 차단했다.

"난 그런 문제엔 신중하거든. 지나칠 정도로 신중해. 사랑에는 동경하지만, 그래도 신중해. 이미 병에 가깝지."

"그렇게까지……."

"아냐, 맞아."

완고하게 말했다.

'하지만……'

그녀는 말을 이으려다가,

"……아무것도 아니야."

가볍게 고개를 가로저었다.

강에서 바람이 세게 불어왔다.

수면에 반사된 짙은 그림자가 불투명 유리처럼 흐려졌다.

"춥지 않아?"

"괜찮아."

저녁놀이 사라지고 공기가 차가운 청색으로 물들기 시작했다.

"사실을 말해도 돼?"

어둠에 녹아드는 듯한 그녀의 목소리.

"뭔데?"

"나, 실은 내내 그쪽을 보고 있었어."

곧바로 대답할 말이 나오지 않았다.

"눈치 못 챘지?"

나를 올려다보았다.

나를? 어째서?

"……언제부터?"

"딱, 그쪽이랑 같은 정도."

그 말의 의미를 이해하는 데에 조금 시간이 걸리고,

"그러면, 계속이네."

나는 반쯤 딴죽을 걸듯 말했다.

그녀가 웃었다.

"그런 거야."

장난스러운 공기는 식고, 얼마 지나지 않아 조용해졌다.

우리는 서로의 존재를 느끼며, 흐르는 수면을 바라보았다.

……지금 아닌가?

문득 떠올랐다. 말하려면 지금 아닌가?

하지만 첫 데이트에서? ──망설여진다.

너무 갑작스러워서 기분 나빠하지 않을까? ──겁을 낸다.

오늘은 이 정도면 충분히 잘해냈잖아. 오늘은 이만 가고, 다음 기회에. ──내 마음속에서 현실적이라고 생각되는 방향으로 굳어진다. 정말로 그거면 되나. 정말로?

고민하며 그녀를 보았다.

나는 스스로를 칭찬해 주고 싶었다.

왜냐하면, 수면을 바라보는 옆모습에서 '기다리고 있다'는 분위기가, 목소리가…… 확실히 느껴졌기 때문이다.

아마 오늘 하루 동안 수많은 대화를 나누고, 수많은 짝맞추기 카드의 페어를 뒤집어 왔기에.

그렇다면 이번에는, 내가 또…….

남자인 내가 용기를 낼 뿐이다.

"……후쿠주 씨."

그녀는 곧바로 돌아보지 않았다.

그 위로 솟은 형태의 귀, 그리고 뺨으로 받아들이고, 이제부터 무슨 일이 시작되는지 각오한 듯 한숨을 내쉰 후에.

나를 바라보았다.

고요한 얼굴 속에서 두 눈만이 강하고 따뜻한 빛을 품고 있었다.

나를 긍정하며, 이 순간에 도취되며, 비쳐드는 세계를 영원히 새겨 넣으려는 듯한, 그런 필사적인 눈빛이었다.

"나와 사귀어 줘."

태어나서 처음으로 입 밖으로 낸 그 말을, 그녀에게 보냈다.

그녀의 눈이 작은 호수처럼 촉촉해졌다. 코로 숨을 들이마시는 축축한 소리가 들렸다.

"응."

엉망이 된 목소리로 말해 주었다.

그녀는 감은 눈을 손끝으로 닦은 후에, 다시 한 번 말해 주었다.

"응."

그 표정을 앞에 두고, 나는 그녀의 이름을 떠올렸다.

후쿠주 에미.

그 한자 그대로라고 생각했다.

복되게 웃는다 할 때의 복이라고 너는 말했지.

자연스럽게 흘러넘친 네 웃음에는, 행복을 불러들일 것처럼 동그랗게 빛나는 아름다움이 있어.

∽ 간즈 ∽

열 살 때, 미나미야마 타카토시는 주말마다 축구 교실에 다녔다.

부모님이 억지로 시킨 탓에 전혀 의욕이 없었고, 언제나 비가 와서 중지되기만 바라던 지루한 강좌였다.

하지만 그렇게 타이밍 좋게 비가 내릴 리가 없어, 오늘도 그는 힘들다, 힘들다 투덜거리며 연습을 끝마치고 부모님이 경영하는 자전거 가게 근처까지 돌아왔다. 일요일에는 그곳에서 부모님과 점심을 먹는 습관이 있었다. 500엔짜리 동전을 받아, 근처 초밥집에서 산 지라시 초밥을 먹는 게 유일한 낙이었다.

기온도 선선한 가을날, 슈퍼 앞에 난 좁은 골목길을 걷고 있었다. 이 일대에는 예전부터 영업하던 오래된 가게가 늘어서 있지만, 지방이 다 그렇듯 적막한 공기에 지배당해 가고 있었다.

타카토시는 초등학생 나름대로 '불경기네'라고 생각하며 십자로에 들어섰다.

오른편의 빨간색 타코야키 노점은 어린 시절부터 있던 곳으로, 오늘도 언제나 보는 아주머니가 타코야키를 뒤집고 있었다. 힘내고 계시는구나, 하고 타카토시는 생각했다.

"타카토시."

뒤에서 이름을 부르기에 돌아보았다.

선글라스를 낀 어른 여성이 서 있었다.

나이는 확실히 알 수 없지만 비교적 젊어 보였다. 돈이 많이 들었을 것 같은 헤어스타일과 장신구가 내뿜는 오라가 이 적막한 장소와 전혀 어울리지 않았다. 타카토시는 텔레비전에 나오는 사람 같다고 느꼈다.

"미나미야마 타카토시 군."

풀네임을 듣고 자신을 부르는 것임을 확신했다. 하지만 누구인지 알 수 없었다. 어디에서 만난 적이 있던가?

여성은 그의 앞까지 와서 눈높이까지 몸을 웅크렸다.

"나 기억하니?"

고개를 저었다. 그때 그녀가 뿌린 향수의 향기로 오래된 기억이 살짝 자극되었다.

"있잖니, 5년 전 지진 때."

그 말에 퍼뜩 깨달았다.

"아주머니!"

"기억나?"

고개를 끄덕였다.

"잘 지냈어?"

고개를 끄덕였다.

"그랬구나."

타카토시는 긴장했다. 어른이 상대였고, 정말로 예쁜 아주머니였으니까. 선글라스를 쓰고 있어도 그건 알 수 있다. 평소에 접하는 어른들과는 분위기가 완전히 다르다.

뭔가 말해야 한다는 기분이 들어, 유니폼을 입은 자신에 관해 설명했다.

"축구 하다가 돌아가는 길이에요."

"축구를 하고 있구나."

"예."

"실력은 늘었니?"

"전혀요."

"그렇구나."

일대에는 타코야키를 굽는 향기가 충만했다.

"아, 하고 있네."

그녀는 노점의 빨간 천막을 가르키며 말했다.

"우리 타코야키 먹을까?"

타카토시는 고개를 끄덕였다.

노점에 가니 아주머니가 손님의 용모에 압도당했는지 '어서 오세요.' 라고 시선을 피하며 말했다. 투명한 유리 카운터에 가격표가 붙어 있었다. 타카토시는 '30개 500엔'을 동경하고 있었다. 30개. 꿈만 같다. 하지만 500엔은 비싸다.

"타카토시는 열 살이니까 30개는 무리야."

그녀가 말했다.

먹을 수 있는데, 라고 생각하면서도 예쁜 아주머니가 10개 들이 2팩을 사는 모습을 지켜보았다.

"자."

모스그린 종이로 포장된 흰 스티롤 팩을 받았다. 방금 만들어 따뜻하고 맛있는 냄새가 났다.

"고맙습니다."

그렇게 말한 순간, 타카토시는 퍼뜩 떠올렸다.

"구해 주셔서…… 고맙습니다."

그때의 인사.

"별로 대단한 일도 아니었는걸."

경쾌하게 대답하며 그녀는 팩을 열었다. 소스와 가다랑어 포와 파래의 향기가 물씬 풍겼다.

"그리운걸."

그녀가 감개에 잠긴 듯이 중얼거렸다.

"전에 온 적이 있거든. 10년 전에."

"제가 태어나기 전이네요."

"응, 그러게……."

서로 달라붙은 타코야키를 이쑤시개로 떼어내 먹었다.

정말 뜨겁다. 하지만 맛있다. 평소의 그 맛이다.

"아, 뜨거워. 앗뜨뜨."

그녀는 어쩐지 코미컬한 동작으로 발을 동동 굴렀다.

"······흐아아. 하지만 맛있어."

타카토시는 고개를 끄덕였다.

"타코야키는 원래 이런 거지."

아줌마가 중얼거렸다.

"가격은 싸고, 너무 고급스럽게 만든 것도 아니고, 불량 스품 가게에서 하나에 10엔에 팔 듯한, 그런 말랑말랑하면 서도 맛있는 것이라고 배웠어."

갑자기 그녀의 주변이 침울해졌다.

"······그렇네."

우는 게 아닐까 하고 타카토시는 생각했다.

"······왜 그러세요?"

"아냐, 아무것도."

두 사람은 노점 옆에 있는 공간에서 벽에 기대어 타코야 키를 먹었다.

"타카토시는 축구를 안 좋아하는구나?"

"응."

"그럼 뭐가 좋아?"

"만화 그리는 게 좋아요."

"그럼 장래에는 만화가가 되겠구나?"

"만화가도 좋지만 게임도 만들고 싶어요."

"될 수 있어."

곧바로 되돌아온 그 말에, 타카토시는 그녀를 올려다보았다.

"넌 분명 될 수 있어. 뭔가를 만드는 사람이."

그녀의 목소리에는 타카토시가 이제껏 느껴본 적 없는 질감이 있었다. 그게 무엇인지는 알 수 없었지만, 몸속 깊은 곳에서 메아리쳤다.

역시 내 주변 어른들과는 다른 사람이라고 감각적으로 알았다.

"아주머니는 뭐 하는 사람이에요?"

"뭘 할 것 같아?"

"……연예인?"

"정답."

앗! 깜짝 놀라 기분이 고조되었다.

"어디에 나와요?"

"네가 모르는 텔레비전."

"알려주세요. 볼 테니까."

"그보다 누나는 오늘 너한테 맡기고 싶은 물건이 있어서 왔어."

"……?"

그녀는 벽 가장자리에 타코야키를 놓고 가방에서 뭔가를 꺼냈다.

"이거야."

두꺼운 문고본 정도의 갈색 상자였다.

표면에 열쇠 구멍으로 보이는 작은 틈이 있을 뿐, 꼭 사무

용품처럼 무기질적이었다.

"이게 뭔데요?"

"안에 중요한 게 들어 있어."

"뭐길래요?"

"지금은 비밀이야. 다음에 만날 때 알려줄게."

"다음이 언제죠?"

"꽤 나중이 되겠네."

그 말을 한 그녀는, 준비한 작은 종이봉투에 상자를 넣어 타카토시의 손목에 걸었다.

"그러니 그때까지 잃어버리면 안 돼."

그녀의 진지한 말에 타카토시는 불안해졌다.

자신은 터무니없는 일에 연관된 게 아닐까. 그런 마음으로 종이봉투를 보았다.

'중요한 것을 넣어놓을 장소는 있니?'

타카토시는 생각한 끝에 고개를 저었다.

'만화는 그려서 어디에 넣어두지?'

"……책상 맨 아래쪽 서랍."

"거기에 넣어 두면 분명 잃어버리지 않을 거야."

"예."

확실히 그 말이 맞다고 생각했다.

'잃어버리지 말고 잘 보관해 줘. 열어보면 안 된다?'

그개를 끄덕였다.

그러자 아주머니가 눈높이에 웅크리고 앉아, 새끼손가락을 내밀었다.

"자, 손가락 걸자."

"······싫어요."

"아, 알겠다. 부끄러워서 그러는 거지?"

"예······."

시선을 피하는 타카토시를, 그녀는 어른스럽게 웃으며 가만히 바라보았다.

그리고 말없이 껴안았다.

타카토시는 놀랐다. 힘이 강해서 조금 괴로웠다. 하지만 어째서인지 가슴이 두근거렸다.

그녀가 몸을 떼자, 한순간 싸늘함이 느껴졌다.

"그 상자, 다음에 만나면 함께 열자."

아주머니가 서글픈 목소리로 말했다.

선글라스에서 살짝 비쳐 보이는 눈이 정말로 예뻐서, 타카토시의 어린 마음에 깊은 인상을 남겼다.

제2장
상자

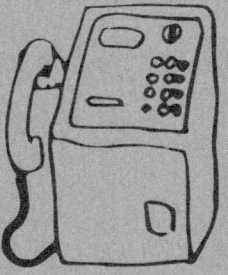

～ 1 ～

히죽거림을 억누를 수 없었다.

일어나서 세수할 때, 자전거를 타고 역으로 향할 때, 학교로 가는 전철, 강의 도중, 사소한 계기만으로도 히죽거리는 입을 손으로 덮어 가렸다.

연인이 생겼다.

게다가 첫눈에 반한, 정말 좋아하는 사람.

아아, 안 돼, 또 히죽거린다.

그제부터 쭉 이런 상태인 데다 오늘은 저녁에 만나자는 약속을 했으니 흥분을 가라앉히느라 고생이었다. 붕 뜬 기분에 조급함만 앞섰다. 시간 흘러가는 것만 보고 있었다.

하지만 과제는 제대로 한다.

오히려 이런 이유로 늘어져선 안 된다며 어깨에 힘이 들어가 있었다. 그녀도 분명 그런 성격일 것이다.

평소대로 산조 역에서 헤이안 신궁의 토리이를 가로질러 동물원으로. 4시까지 충분하다고 여겨지는 매수를 그렸다.

가방에 도구를 넣자, 마치 잰 듯한 타이밍으로 휴대전화가 울렸다.

발신자 표시는 '공중전화'. ……거의 100퍼센트 후쿠주 씨다.

그녀는 휴대전화가 없으니 당일에 공중전화에서 걸겠다
고 말했다.

"여보세요."

『아…… 후쿠주입니다.』

"응, 벌써 역에 도착…….."

『지금 역에 도착했어.』

"으, 응."

『앗, 미안해.』

"아냐."

어색했다. 지독하게 어색했다.

하지만 가슴이 부풀어 오르는 기분이 들었다.

"난 지금 막 동물원에서 나왔어. 20…… 15분 정도일까.
전에 만난 장소에서 기다려 줘."

『응.』

"괜찮아? 알겠어?"

『그 구불거리는 기둥이지? 괜찮아.』

"미안해, 금방 갈게."

『응, 기다릴게.』

전화를 끊었다.

나는 휴대전화를 넣고 종종걸음으로 동물원에서 나왔다.

그녀에게 휴대전화가 없는 건 스스로 내린 결정이 아니라 부모님이 허락해 주지 않아서라고 한다. 너무 깊게 물어보는 건 그만두었지만.

　헤이안 신궁의 토리이를 가로질러, 큰길 바로 옆의 조용한 강변을 걸었다. 완만한 커브를 천천히 나아가다가…… 나는 놀랐다.

　후쿠주 씨가 돌다리 옆에 서 있었다.

　여기선 꽤 작게 보이지만 틀림없다. 통행을 방해하지 않는 위치에서 강가의 검은색 오두막을 가만히 보고 있었다.

　뭘까. 그녀는 놀라운 감각으로 그 거리에서 내 시선을 깨달은 모양이었다.

　내 존재를 확인하고 그녀는 복되게 웃었다. 그리고 이쪽을 향해 걸어왔다.

　나도 계속해서 걸었다.

　이쪽과 저쪽의 좁은 강변로를 각각 차지하고, 강에 깔린 가느다란 길에 들어섰다. '발판'이라 부르는 게 더 나은, 손잡이도 뭣도 없는 콘크리트 바닥이었다.

　"그쪽에서 기다려 줘."

　내가 말했지만 그녀는 듣지 않고 건너왔다. 나도 가만히 있을 수 없어서 발을 들였다.

　그리고 우리는, 한가운데에 멈춰 서서 마주 보았다.

　"괜찮다고 했는데."

그녀는 '응' 하고 수줍어했다.

"어째서 여기에?"

"으음……."

스커트 앞에 든 가방을 앞뒤로 흔들며,

"처음에는 책을 읽으며 느긋하게 기다릴 생각이었는데…… 어쩐지, 가만히 있을 수 없어서."

그건.

그건…… 조금이라도 일찍 나와 만나고 싶었다는 뜻일까?

확실한 말로 듣고 싶고, 확인하고 싶다는 기분이 들었지만 참았다.

"그렇구나."

그래서 나는 웃으며 태연하게 말했다.

"그럼 가자."

"응."

역 앞으로 향하기 시작했다.

단 하루 안 만났을 뿐인데, 그보다 더 오래 만나지 못한 기분이 들었다.

그녀도 그럴까. 그런 마음으로 여기까지 와 주었을까.

그렇다면 너무나 기뻐서 정신이 이상해질 것 같다.

"저 검은 오두막, 풍경화로 그린 적 있지?"

"응, 딱 한 번 과제로 그렸어. B 받았던가."

"그저 그랬어?"

"그저 그랬지."

나는 문득 떠올렸다.

"아, 미안. ……잠깐 사진 찍어도 돼?"

"내 사진?"

"응. 친구가 보여 달라고 해서. 우에야마라고 어릴 적부터 친구인데, 그…… 이번에 여러 가지 상담해 줬거든."

"어, 그래?"

그녀는 흥미롭다는 듯이 말하고는, "응, 찍어도 돼." 라고 흔쾌히 고개를 끄덕였다.

"고마워."

나는 휴대전화를 꺼냈다.

"역시 여기일까?"

그녀가 돌다리로 다가가 검은 오두막을 배경으로 섰다.

"그래. 그쪽으로 가 달라고 하려고 했어. 잠시만."

뒤로 이동하면서 좋은 구도를 찾는다. ……좋아.

"그럼 찍는다."

화면 속에서 그녀가 표정이나 몸가짐을 정돈하는 모습이 귀여웠다.

버튼을 누르자 찰칵 소리가 났다.

"어때?"

"잘 나온 것 같은데."

내가 보여주자 그녀는 가만히 음미하는 눈빛이 되더니, 괜찮다는 듯이 고개를 끄덕였다. 이런 면은 역시 여자답다.

낡은 목조 단독주택이 늘어선, 익숙한 길.

나는 문득 평소에 다니던 길을 그녀와 함께 걷는 게 얼마나 신선한 일인지 깨달았다.

옆을 보았다.

그녀는 평소의 느긋한 귀여움을 뽐내며 평범하게 앞을 보고 걷고 있었다.

……내 연인이구나.

그러자 그녀가 돌아보더니,

"무슨 일이신가?"

장난스러운 말투로 물었다.

"아냐."

"신경 쓰여."

살짝 토라진 목소리였다.

올려다보는 그 눈빛에 나는 간단히 단념하고, 이제까지 그래 왔듯 정직하게 말했다.

"……우리가 사귀는 게 맞구나 싶어서."

우와, 엄청나게 창피하다.

"어쩐지 이러고 있는 게 믿기지 않는다고 할까……."

아스팔트에 시선을 내리깔고, 가볍게 머리를 긁적였다.

"기뻐."

그녀는 아무 말도 하지 않았다. 돌아보니 햇빛을 받은 것처럼 두 눈을 가느다랗게 뜨고 있었다.

내 말에 기뻐하며 환영해 주는 게 전해졌다.

정말로 행복하다.

좋아하는 사람과 마음이 통하는 것보다 더한 행복이 세상에 또 있을까.

"난 말이지."

"응?"

그녀는 어딘지 미안하다는 듯이 눈을 내리깔고 말했다.

"치유계가 아니거든? 자주 그런 소리를 듣지만."

"괜찮아."

"꽤 제멋대로라고 할까, 나는 나! 같은 부분이 있거든?"

"괜찮아."

"그리고 음식에 따라 상당히 기분이 오락가락해."

"괜찮아."

"괜찮아?"

"응."

"그렇구나……."

그녀는 살짝 맛있는 음식을 먹었을 때처럼 중얼거렸다.

"그럼, 다시금 잘 부탁합니다."

장난스럽게 웃는 그 모습에, 나도 장난스러운 정중함으로 응했다.

"제가 드릴 말씀이죠."

낯간지럽다. 옆에서 보면 정말로 바보 같을 거다. 완전히 닭살 커플이다.

정말 좋다.

그때, 그녀가 코를 킁 들이마시며 '아아~'하고 웃었다.

"맞다, 그리고 또 하나 있어."

조금 촉촉한 눈으로 말했다.

"나, 엄청나게 잘 울어."

실제로 그녀는 잘 울었다.

"호칭은 어떻게 할까?"

"응?"

"후쿠주 씨라고 계속 부르는 건 어쩐지 좀 아닌 것 같거든."

"알아. 촉촉함이 없지."

"웬 촉촉함……."

"그거 중요해."

"다들 어떻게 하는 걸까? 난, 저기, 그다지 익숙하지 않으니까."

"그럼 지금 정해야지. 나도 이런 건 처음이지만."

"그러게."

"그렇지."

"그럼…… 에미 짱, 일까. 어때?"

"응, 좋은 것 같아. 그럼 난 타카토시 군, 이겠네."

"응. 그럼 한번 불러 볼까?"

"으쌰."

"으쌰, 라니."

"그야 창피한걸."

"……에미 짱."

"응."

"…….."

"……타카토시 군."

"응. 우와, 이거 장난 아닌데?"

"그러게."

"그렇지? ……어?"

"아아, 미안, 미안. 어쩐지 뭔가가 북받쳐 올라서…….."

"괜찮긴 한데."

"촉촉함이 있다는 증거야."

"촉촉함이라."

니시우치의 맨션에 모였을 때도 그랬다.

대학교 친구인 케이한 파의 니시우치는 칸게츠쿄의 맨션에서 혼자 사는데, 그곳이 우리 그룹의 아지트였다.

그날은 오랜만의 술 약속이었고, 나에게는 에미를 소개하는 자리이기도 했다.

약속 장소에서 소개한 후에 방에 도착하기까지, 다들 그녀의 귀여움에 긴장해 나에게 '진짜로?' 같은 반응을 보이기에 의기양양한 기분이 들었다.

다소 속된 마음가짐일지도 모르지만, 노력해 봐도 결국엔 느끼게 된다. 어떠냐, 내 여자 친구, 라며 우쭐대는 기분.

그녀는 처음에는 얌전하게 있었지만, 우리가 술이나 안주 준비에 헤매기 시작하자,

"이것들은 전부 뜯어서 큰 접시에 모으자. 니시우치 군, 접시 있나요?"

"아, 그리고 나무젓가락이랑 컵도 필요하겠네."

같은 식으로 단숨에 준비를 진행했다.

그녀는 대단히 야무져서, 그것은 배려라기보다는 헤매는 꼴을 못 보고 척척 진행해야 직성이 풀리는 성격에서 비롯된 행동임을 알게 되거나, 게다가,

"지금 흔들렸나? 흔들렸지? 진도 몇일까?"

적극적으로 분위기를 띄우려는 협조성을 가진 아이라는 걸 알거나, 그런 일들을 해내는 그녀에게서 '난 야무진 아이!' 라는 자랑스러움이 살짝 배어 나온다는…… 새로운 면을 알 수 있었다.

그런 그녀도 게임에는 약했다. '그 정도까지?' 라고 다들 딴죽을 걸 만큼 심각하게 못했다. 운동신경이 전혀 없다는 사실도 자백했다.

녀석들은 내 실패담이나 특이한 점을 얘기하고, 그녀는 그 이야기들을 흥미롭게 듣고 있었다.

나는 '그만 좀 해'라고 말하면서도, 이상한 얘기지만 그러면서 나에게 연인이 있다는 것을 실감하고 은근히 기뻐하기도 했다.

그리고 슬슬 마무리할 분위기가 되었다.

술을 정말 좋아하고 게다가 잘 마시는 면모를 우리에게 브여준 그녀가, 갑자기 울보가 된 것이다.

"다들, 앞으로도 타카토시 군이랑 사이좋게 지내 줘."

엉엉 울면서 그런 소리를 하기 시작했다.

하야시가 '완전히 엄마네'라고 딴죽을 거니, "타카토시 군이 가난뱅이가 되면 과자를 보내 주렴."이라고 받아치기에 우리는 웃으며 해산했다.

귀갓길에 그녀가 다리를 건너며 "칸게츠쿄(觀月橋)라니 좋은 이름이네. 달이 지켜보는 다리라니, 정취가 있어."라고 말하기에, 둘이서 고개를 들어 달을 찾았다.

얼마 지나지 않아 나는 탄바바시의 맨션에서 혼자 살기 시작했다.

학교까지 왕복하는 게 괴로워졌다는 점과, 아버지와 말싸움이 끊이지 않았다는 점과, 뭐, 그리고 에미와 쉽게 만나기 위해서.

그런 것치고 탄바바시라는 장소는 어중간해서, 어째서 좀

더 에이잔 노선의 안쪽까지 가지 않았는지는 스스로도 잘
알 수 없었다.

⌒⌒ 3 ⌒⌒

『그럼 내일 놀러 가도 돼?』

이사가 끝난 날 밤, 그녀와 통화하고 있었다.

"어, 아니. 아직 거의 짐을 안 풀어서……."

『도와줄게.』

"음~……."

『그야 그 때문에 오늘 못 만났잖아?』

응석 부리듯 항의했다. 나는 머릿속까지 행복감으로 녹아내린 채로, "그야 그렇긴 하지만." 같은 소리로 냉정한 척을 했다.

그러자 그녀는, 『맞아. 그런데도 말이지.』라며 툴툴거리며 말했다.

서로 다 알고서 장난치고 있었다.

"하지만 어제 만났잖아."

『아~ 뭐야, 그게. 촉촉함이 없어.』

"나왔다."

『뭐야~.』

아, 바보 같다. 너무 달콤하다. 최고다.

『혹시 부담돼?』

그녀가 목소리 톤을 살짝 바꿨다.

"뭐가?"

『내일 만나는 거…….』

"그렇지 않아."

그렇다. 사귀고 나서 우리는 거의 매일 만났다.

그녀는 정말 외로움을 잘 타는 성격이라, 쉬는 날은 물론이고 평일에도 학교가 끝난 후에 '만나러 가도 돼?'라며 합류했다.

우에야마에게 물으니 처음엔 다 그렇다고 한다. 그럼 원래 이런 건가.

카와라마치를 어슬렁거리거나, 미술전을 보러 가거나, 학교를 안내하며 함께 학식을 먹기도 했다.

"너랑 만나는 건 즐거워. 전혀 힘들지도 않고……. 응, 정말로 그러네."

말하면서 깨달았다. 매일 보면 질리거나 싫어지기도 할 것 같은데, 언제나 시간이 술술 잘도 흘러간다.

"어째서일까."

『뭐가?』

"상성이 좋은 걸까?"

『……응.』

그녀의 뭉클한 목소리가 전파의 노이즈에 섞여 전해졌다.

"촉촉해졌어?"

『촉촉해졌어.』

그러고 나서 우리는, 잠시 별다른 주제도 없는 대화를 나눴다.

"……그럼 10시에 역 개찰구에서 보자."

『응.』

"잘 자."

『응, 잘 자.』

"응."

『응…….』

"끝이 안 나네."

『그러게, 그럼 잘 자.』

"잘 자."

귀에서 휴대전화를 뗄 때 가벼운 숨소리가 들렸다. 그녀가 아무렇지 않게 내뱉는 숨소리는, 그녀의 인상을 생각하던 의외일 정도로 요염했다.

시각을 확인하니 23시 40분.

그녀의 집에는 룰과 같은 것이 하나 더 있었다.

통금과 전화는 오전 0시까지.

휴대전화도 못 만들게 할 만큼 엄격한 부모님에게 0시는 즈금 미묘하다는 생각이 들었다.

∽ 4 ∾

요도야바시행 특급 열차가 도착하고, 전광판에서 표시가 사라졌다.

얼마 지나지 않아 플랫폼 계단에서 사람이 우르르 올라와 개찰구를 빠져나갔다.

나는 그 정면의 벽에 기댄 채 올라오는 사람들을 주시하고 있었다.

시간으로 따져 보면 이 전철로 도착했을 가능성이 크다.

보통은 전화나 메시지로 곧바로 확인할 수 있지만, 그녀에겐 휴대전화가 없다. 그래서 이렇게 승객 중에 있는지, 아니면 다음 전철로 오는지도 모른 채로 개찰구 너머의 계단을 조마조마하며 보고 있다. 아, 쇼와 시대엔 이런 기분이었겠군, 이라는 생각도 들었다.

에미의 모습을 발견했다.

그 순간 마음이 화창해졌다.

그녀도 나를 발견하고 행복한 미소를 지었다.

가볍게 손을 들어서 대답했다. 우리는 답답한 서로 간의 거리를 좁혔다.

"고생했어."

"고생했어."

"갈까?"

"가자."

"아, 여기서 마실 것 하나 사서 가자. 방에 아무것도 없으니까."

"오오. 독신 남자의 방이라는 느낌이군요."

매점에서 미니 페트병 두 개를 산 후에 서쪽 출구의 계단을 내려갔다.

곧바로 주택가가 펼쳐졌다.

"오오~."

"역 앞엔 아무것도 없어."

"장은 어떻게 보고 있어?"

"저쪽에 슈퍼랑 상점가가 있거든."

"그랬구나."

완만한 언덕을 내려가 왼쪽으로 꺾었다.

"뭐랄까, 역시 교토라는 느낌이네."

"아, 어디가 어떻게 그런지는 몰라도 분위기는 있지."

"그러게."

"미리 말해 두겠는데, 정말로 좁고 허름해."

"응."

"저기야."

그렇게 말하고 나는 3층 건물을 가리켰다.

"와아~."

맨션 입구 바로 옆에 세탁기와 건조기가 한 대씩 놓여 있었다.

"저건 뭐야?"

"코인 세탁기래. 방에는 세탁기가 설치되어 있지 않으니 나도 아마 이걸 쓰겠지."

"재밌네. 건조기 30분에 100엔이라."

"정말로 특이하지?"

집세가 쌌거든, 이라고 변명하며 계단을 올라갔다. 제일 위인 3층, 좁은 콘크리트 통로에 늘어선 다섯 번째 녹색 문이 내 방이다.

열쇠로 문을 열었다. 내 집이다, 독립했다는 실감이 느껴지는 이 순간이 좋았다.

야구 베이스를 두 개 놓을 크기도 안 되는 현관. 벽에 처박힌 것처럼 갑갑하게 붙은 가스레인지와 싱크대.

그곳을 빠져나가면 엉성한 플로어링이 깔린 다다미 여섯 장짜리 공간이 있다. 바닥에는 집에서 가지고 나온 이불과 휴대전화 충전기, 텔레비전, 옷장 대신 쓸 컬러 박스, 골판지 상자 몇 개가 있었다.

"깨끗한데? 널브러진 것도 없고."

"이제 막 이사 왔으니까. 차 마실래?"

"괜찮아. 짐부터 풀자."

그녀가 방의 짐을 체크했다.

"아, 키보드! 연주한다고 했지?"

"아직 한 곡밖에 못 치지만."

"뭐~, 나중에 들려줘야 해?"

"좋아."

"아자. 그런데…… 짐이 별로 없는 것 같은데?"

"공간이 이거밖에 안 되잖아? 책 같은 건 거의 놓고 왔으니까 사실 정리할 짐도 그다지 없어."

"뭐어~."

"하지만 제대로 남겨 뒀어. 일어나서 하려다가 참았지."

"으. 좋아, 넘어가자."

그렇게 말하고 그녀는 가방에서 고무줄을 꺼냈다.

"짜잔, 고무줄!"

"도라에몽이네."

"응? 뭐?"

"도라에몽. 닮았잖아."

"아…… 그런가?"

살짝 당황한 눈빛이었다.

"혹시…… 본 적 없어?"

"음, 그게에…… 응."

"와, 특이하네."

어지간해선 어린 시절에 한 번쯤은 볼 텐데.

"하지만 들어 본 적은 있거든?"

조금 발끈한 듯이, 그녀는 등에 살짝 닿는 머리카락을 포니테일로 묶었다.

드러난 흰 목덜미와 신선한 실루엣에 나는 깜짝 놀랐다.

오랜만에 느끼는 긴장감은 사귀기 전의 그것과는 다른, 어쩐지 떳떳하기 힘든 종류의 감정이었다.

여자 친구를 방에 불러들인다——라는 전형적인 시추에이션과 거기서 이어지는 뻔한 연상이 시작될 것 같아, 나는 이를 악물고 그것들을 떨쳐냈다.

그런 내 갈등을 아는지 모르는지, 에미는 몸에 딱 맞아 움직이기 쉬운 커트 앤드 소운 차림으로 시원스레 작업을 시작했다.

전체적으로 가느다랗고 부드러운 곡선이 막힘없이 움직이는 인상, 그 여성적인 질감은 예술적이라고 생각되었다.

그렇다. 그런 거다. 그녀는 그런 존재다.

"저기, 이 교과서들은 어디에 놓으면 돼?"

"그 근처에 쌓아 줘."

"책장 같은 건 없어?"

"응."

"나중에 간단한 책꽂이라도 하나 사자. 있는 쪽이 편리하잖아?"

"어~, 귀찮은데."

"100엔샵에서 팔 텐데?"

"으음~."

"일단 쌓아 둘게."

……나중에 사게 될 것 같다는 예감이 들었다.

그것들을 다 쌓고 나서 그녀가 다른 상자를 열었다.

"이건 '드래곤퀘스트' 네."

"아, 어린 시절에 처음으로 산 CD야."

"알아. 처음에 산 CD는 소중하게 간직하는 법이지. 이쪽은?"

"Perfume."

거기에는 책이나 CD가 들어 있어서, 내 취향을 다 알 수 있었다. 예상하지 못한 일이라 쑥스러움을 느끼면서도, 연인이라면 알아주는 편이 좋지 않나 싶기도 했다.

그런 생각을 하며, 그녀가 '이건 어디에 놓을까?' 라고 고민하는 표정을 보니 어쩐지 좋았다. 정말 연인이구나 하고 행복감을 느꼈다.

"됐어, 그런 건 그냥 상자에 넣어 놔."

"하지만 랙에 꽂아 놓는 쪽이 편리하잖아? 어디에 뭐가 있는지 보기도 쉽고."

랙도 사게 될 듯한 예감이.

"내가 이사 기념으로 사 줄게."

이건 어쩔 수 없겠네.

그리고 또 다른, 작은 골판지 상자를 열었다.

맨 위에 두꺼운 문고본 정도의 갈색 상자가 있었다.

아, 그랬나. 저기에 넣어 놨구나.

10년 전에 생명의 은인에게서 받은 상자. 그러고 보니 아직 그녀에게 말하지 않았다.

"그 갈색 상자는, 내가 어린 시절에……."

"이건 만화야?"

말하려 한 직후에, 그녀가 옆에 쌓인 자작 만화를 가리켰다.

"어? ……아, 그거? 초등학생 때 그린 드래곤퀘스트 만화야."

"드퀘 정말 좋아하는구나."

"그림을 그리기 시작한 계기니까."

"그랬구나."

"응."

"읽어 봐도 돼?"

"그래."

반으로 접은 연습장을 스테이플러로 찍은 책자다. 건방지게 커버 일러스트와 로고를 그려 놓았다. 그녀가 페이지를 넘기니 자로 컷을 나눈 연필화가 펼쳐졌다.

"오~."

"못 그렸지?"

"초등학생이 이 정도 그렸으니 대단하지."

"쉬는 시간에 그려서 반 아이들한테 보여줬어. 1권부터 전부 도구 상자에 넣어두고 다녔지. '다음 편은 언제 나와?' 같은 질문을 듣는 게 기뻤는데."

"역시 크리에이터야."

그녀는 중얼거리더니 나를 똑바로 바라보았다.

"타카토시 군은, 쭉 그랬구나."

따뜻해서, 몸속 깊은 곳까지 닿을 것 같은 눈빛이었다.

나는 그 순수함에 쑥스러워하며 시선을 피했다.

"아래는 크로키 북이야?"

"아, 거기에도 넣어 놨던가."

수험을 위해 회화교실에 다니면서 쓰게 된 마루망의 크로키 북. 갈색 표지에 붓 펜으로 '8'이라고 적어 놓았다.

"여덟 권째구나."

"그건 얼마 전 거지만. 낙서장이야."

그리고 소설 아이디어 북이기도 하다.

"봐도 돼?"

"응."

……그때 나는 결심했다.

소설을 쓴다는 사실을 그녀에게 고백하고, 읽어 달라고 하자.

그게 뭐 그리 어려운 일이냐고 생각할 수도 있지만, 나로서는 모두에게 숨겨 온 최대의 비밀이었다.

나에게는 그림뿐 아니라 그 외에도 숨겨놓은 능력이 있다……. 객관적으로 보면 정말로 어린아이의 '비밀병기' 같은 것으로, 남에게 알려지는 게 두려운 나만의 보물이었다.

이렇게까지 숨기는 이유는 확실히 말할 수 없지만, 알려지면 뭔가가 깎여나갈 듯한, 손상될 듯한, 그런 근거 없는 두려움이 있었다.

하지만.

"……나 말이지."

그와 동시에 누군가에게 보여주고 싶다는 마음도 있다.

"실은 소설을 쓰고 있어."

크로키 북에서 눈을 떼고 돌아보는 그녀.

처음 만난 날처럼 심장을 두근거리며,

"그림뿐만 아니라 소설도 쭉 쓰고 있어. 누구한테도 보여준 적 없는 비밀이지만."

내 분위기가 전해졌는지 그녀의 표정이 진지해졌다.

누군가가 계단을 내려가는 어렴풋한 금속음이 들렸다.

"응."

그녀는 밝은 눈으로 말했다.

"대단해. 어떤 스토리인데?"

그 빛나는 웃음이 내 보물을 비추어 주는 듯했다.

깎여나가지도, 손상되지도 않고, 그저…… 해방된 것처럼 개운한 기쁨만이 있었다.

5

그러고 나서 우리는 점심을 먹으러 상점가로 향했다.

"교토는 정말로 길이 똑바로 나 있구나."

그녀가 말했다.

"응, 최근 인터넷 지도로 보고 살짝 감동했어. 정말로 바둑판처럼 되어 있어서."

"어, 보고 싶어."

나는 휴대전화로 보여주었다.

"오오……."

"그렇지?"

"응, 대단해. ……앗, 저런 거."

십자로에 있는 지장보살의 사당을 가리켰다.

"저런 게 잔뜩 있다는 점도 교토다워."

그런 대화를 나누며 상점가에 도착했다.

후시미모모야마 역으로 이어지는 이 상점가는, 긴 길을 따라 각 패스트푸드의 체인점이 늘어서서 상당히 붐비는 곳이다.

"대단해, 산조에도 지지 않겠어."

"그렇지? 그리고 미안해. 어제 처음 와 본 곳이라 가게는 잘 몰라."

"그럼 함께 둘러보자. 좋은 가게가 있는지."

"그래."

우리는 인파에 섞여 길을 천천히 내려가기 시작했다.

"어제는 어디에 갔어?"

"식기를 샀어. 도자기 가게에서."

"도자기 가게라니. 어쩐지 좋아 보여."

"100엔샵에서도 살 수는 있지만, 오래 쓰는 물건이니까."

"아, 그 마음 이해해."

"밥그릇을 사는데 가게 아저씨가 두드려서 소리를 듣더라고. 아마 금이 가지 않았는지 확인한 거겠지,"

"와~ 그런 것도 해?"

"좋지?"

"좋아.

"다음에 살 거 있으면 같이 가자."

"응."

대화가 일단락되고 주위를 보며 걷다가 "저기, 저거 좀 봐."라며 그녀가 왼쪽 위를 가리켰다.

찻잎을 파는 곳 처마에 'Tea Room ↓'이라고 쓰인 나무 간판이 있었다. 화살표는 가게 안쪽을 가리키고 있었다.

"신경 안 쓰여?"

"쓰이긴 하네."

"잠깐 살펴보자."

가게 앞에서 엿보니 찻잎 매장 안쪽에 차를 마실 수 있는 밝은 공간이 보였다.

"분위기 좋네. 이따 가 보지 않을래?"

"좋아."

그리고 우리는 금전 문제로 점심은 햄버거 하나로 때우고 그 가게에 가 보았다.

그램당 1,000엔이라는, 나로서는 도저히 손댈 수 없는 찻잎이 늘어선 가게를 조마조마하게 가로질러 차를 마시는 공간에 들어섰다.

밝은 나뭇결에 차와 비슷한 녹색으로 꾸민 산뜻한 가게였다.

"좋네, 일본차 카페스러운 분위기야."

그녀는 즐거워 보였다.

테이블로 안내받아 메뉴를 보기 시작한 순간…… 그녀는 침묵했다.

미간을 살짝 찌푸리며 사진이나 문자를 열심히 바라보더니, 다시 첫 페이지로 돌아왔다.

그렇다.

보통은 '꾸물거리는 건 싫어, 시원스럽게 행동하자'가 신조인 그녀지만 '매력적인 것들 중 하나만 고른다'라는 상황에서는 죽을 만치 망설인다. 그리고 그것은 대체로 먹을 것에 집중되어 있었다.

"……타카토시 군은 뭘 먹을 거야?"

"단팥죽이겠네."

"……! 앗, 좋네, 확실히 추천 메뉴고……."

"말차 롤이랑 고민되긴 해."

"……!! 맞아, 맞아아아, 이것도 맛있어 보여. ……이 둘 중 하나……인가. ……하지만."

천만 엔이 걸린 사지선다 퀴즈처럼 심각한 표정으로 응시하고 있다.

이때는 내가 '이건 어때?' 라고 말해도 직접 결정한 게 아니면 납득하지 않는다. 먹을 것에 관해서라면 절대로 타협하지 않는다.

"……말차가 나오는구나. 말차와 말차 롤의 조합…… 말차 롤로."

"내가 단팥죽을 주문할 테니 나눠 먹자."

그렇게 말하는 순간 그녀의 눈이 얼마나 빛나던지.

주문을 끝내고 잡담을 나눴다.

"하지만 깜짝 놀랐어. 소설을 쓰고 있었다니 대단해."

그녀의 말에 나는 주위에 들리진 않는지 조심스러워했다. 스스로 생각해도 자의식 과잉이다.

"아……, 미안."

"아냐, 아무 문제 없어. 얘기 계속하자."

그러자 그녀는 흐름상 오히려 그러는 편이 좋다고 판단하고,

"어떤 내용이야?"

"히로인…… 클래스메이트인 여자아이가 안드로이드였다는 스토리인데."

"호오."

"주인공 남자가 우연히 그걸 알게 되지."

"아아. 장르는?"

"내가 생각하기엔 연애야."

"아하……."

그때 카운터에서 오너로 보이는 아주머니가 '유코'라고 말했다.

플로어에 나와 있던 고등학생쯤 되는 웨이트리스가 돌아왔다. 아마 딸이 가게를 돕는 거겠지.

"유코래."

그녀가 재미있다는 듯이 속삭였다.

'대단한 우연이네.'

'뭐가?'

'뭐냐니, 이르…….'

그때 그녀가 퍼뜩 놀라 입을 다물었다.

나도 놀랐다.

유코. 엄청난 우연. 확실히 그렇다.

왜냐하면…… 소설의 히로인 이름이 '유코'니까.

하지만 그녀가 그걸 알 리가 없다. 그야 아직 안 읽었으니까.

"아, 으음……."

그녀가 눈을 내리깔았다. 입은 웃는 모양이지만 어깨가 미동도 하지 않았다. 엄청나게 당황한 것처럼 보였다.

나도 긴장되기 시작했다. 그때…….

"그…… 아까 햄버거 가게에도 있었잖아? 유코."

"……있었던가?"

"있었어~. 맞은편…… 타카토시 군 뒷자리였는데, 거기의 여자아이 2인조."

"……."

"그중 하나가 유코였거든. 대화하는 거 못 들었어?"

"못 들었……던 것 같은데."

"그랬단 얘기야."

그녀가 응, 하고 고개를 끄덕였다.

하지만 나는 제대로 납득하지 못했다.

"그러고 보니…… 전에도 이런 일이 있었지."

"……뭐가?"

"기린 크로키."

"아……. 내가 정말로 말했어?"

"말했어."

"음~."

얼굴을 살짝 찡그리며 물을 마셨다. 이런 때조차 그 표정
은 귀여웠다.

나는 농담처럼 말했다.

"에미 쨩, 혹시 예지능력이라도 있는 거 아니야?"

그녀는 잔에 입을 대고서, 의외의 말을 들었다는 듯이 눈을
휘둥그레 떴다. 잔을 놓고 장난스럽게 고개를 갸웃거렸다.

"있다면 어떻게 할래?"

"어……."

"나한테 예지능력이 있다면, 타카토시 군은 어떻게 할래?"

"……."

어떨까. 진지하게 상상하고.

"……대단하구나, 라고 생각하겠지."

"아하하. 그러게."

그녀는 웃었다.

"만약 그렇다면 갬블에서 백전백승이잖아? 타카토시 군
도 부자 되겠네?"

"돈은 내가 알아서 벌게."

"앗, 남자다워. 그럼 자신의 미래는 어때? 소설가가 될
수 있을까, 라든가."

"……."

"네 미래를 안다고 말한다면, 어떻게 할래?"

시험하듯이 바라보았다.

심장이 빠르게 뛰었다. 귀 밑동이 저릿저릿하고 이마에 땀이 배어 나오는 것을 느꼈다.

"……아냐, 됐어. 몰라도 돼. 괜찮아!"

고개를 젓는 나를 보며 그녀는 웃음을 터뜨렸다.

"뭐, 예지능력 같은 건 없지만. 난 평범한 인간이야. 아쉽네."

그런 식으로 이야기가 마무리되었다.

건너편 카운터에서 검은 에이프런을 걸친 누님이 말차를 만들기 시작했다.

"저거 분명 우리 거겠지?"

돌아본 그녀도,

"그러게. 좋다. 혹시 다도 하는 분인가? 자세가 엄청 멋진데."

확실히 차선을 다루는 손놀림이 프로 같다. 늠름한 교토풍의 얼굴이라, 교토는 여기저기에 도시의 특색이 잘 나타난다고 느꼈다.

얼마 지나지 않아 우리 쪽으로 가지고 왔다.

"와오, 맛있어 보이네."

"그러게."

나는 그릇을 손에 들고 단팥죽을 마셨다.

뜨거운 팥이 입에 주르륵 흘러들어왔다. 음, 맛있다.

맞은편에서는 그녀가 포크로 말차 롤을 찍어서 입으로 옮기고 있었다.

입에 넣자마자 눈이 번뜩 뜨였다. 맛있는 것 같았다.

"으음~."

주먹과 다리를 부르르 떨었다. 상당히 맛있는 것 같았다.

"정답! 말차 롤, 정답!"

흥분해서 버둥거렸다. 주변 사람들이 조금 신경 쓰이지만, 귀엽다.

"그렇게 맛있어?"

나를 바라보는 표정이 반짝거렸다. 이런 반응은 피자 이후 처음일지도 모른다.

"크림이 말이지, 크림이 엄청 좋아."

그렇게 말하더니 말차를 마셨다.

"……아~."

마치 겨울 온천에 몸을 담갔을 때와 같은 신음이었다.

"한 모금 먹어도 돼?"

나는 단팥죽을 내밀면서 말했다.

"응."

나는 단팥죽과 바꿔서 말차 롤을 한입 먹었다.

오오, 확실히 크림이 맛있다. 향에 기품과 볼륨감이 함께 있다.

"맛있네."

"그렇지?"

그녀는 단팥죽을 먹었다. ……아무 말도 하지 않지만, 표정을 보면 안다. 나도 그렇게 생각한다.

"말차 롤이 정답이었네."

"하지만 단팥죽도 맛있어."

"응."

나는 두 모금째를 먹으며 카운터에서 아주머니가 설거지하는 모습을 바라보았다.

문득 생각했다. 어제 여기를 지나갈 때 나는 저 간판을 발견하지 못했다. 만약 발견했다 해도 나 혼자라면 들어오지 않았겠지. 그녀가 찾아냈고, 그녀가 있기 때문에 들어왔다.

그런 별거 아닌 생각을.

맞은편 자리에서 그녀가 행복한 표정으로 말차 롤을 맛보고 있다.

이 표정을 볼 수 있다면, 또 다양한 곳에서 맛있는 것을 맛보게 해 주고 싶다.

그렇게 생각했다.

상점가의 아케이드를 빠져나오니 하늘은 완전히 저녁의 색으로 충만했다.

5시간이라는 긴 시간이, 대화하거나 함께 여기저기를 구걷하는 동안 흘러갔다.

"빠르네."

"응."

나와 그녀가 자주 하는 대화.

"저쪽 후시미모모야마에서도 탈 수 있는데……?"

"탄바바시까지 갈 거야. 급행도 안 서니까."

"그렇구나."

"응."

내 손에는 100엔을 주고 산 책꽂이가 든 비닐봉지가 들려 있었다. 랙은 사지 않았다. 대화 끝에 얻은 타협점이다.

"알바 열심히 하고."

"그래."

3시부터 도시락집 아르바이트가 있다. 어제 면접을 봤는 데 뭐가 그리 급한지 오늘부터 출근하라고 한다. 도시락집 을 선택한 건 밥값을 절약할 수 있으리라는 생각에서다.

"맨션 보이네."

그녀가 그런 말을 중얼거렸다.

"개찰구까지 바래다줄게."

"짐 놓고 가지 않아도 돼?"

"이 정도야 뭘."

어두워진 길에는 그다지 인적이 없다. 공중목욕탕에 사람 이 들어가는 걸 보고 '정말로 영업하는구나.' 라든가 식당

앞에서 '오늘은 튀김이네.' 같은 대화를 했다.

"으음~."

그녀가 기지개를 켰다.

등을 부드럽게 굽히고 가느다란 팔을 하늘로 쭉 뻗었다. 잘 관리된 흰 피부. 내민 가슴이 보통은 의식하지 않는 풍만함을 드러냈다.

나는 눈을 피했다.

그녀에 대한 내 마음은 꼭 중학생처럼 순수해서, 스스로도 놀라는 수준이었다. 그런 눈으로 보는 데에는 상당한 거부감이 있었다.

사귀기 시작하고 아직 키스는커녕 손도 잡지 않은 것도 그 때문이었다.

그러면 안 된다는 건 안다. 첫사랑이 허무하게 사라져 버린 원인 중 하나도 거기에 있었다.

"넌 돌아간 후에 뭘 할 거야?"

"공부일까."

소중하게 대하고 싶다, 더럽히고 싶지 않다, 라는 마음이 상대를 오해하게 하거나 불안하게 만든다.

미움받으면 안 된다는 두려움이 앞으로 나아가는 걸 막고, 순식간에 막다른 곳으로 몰아세운다.

알고 있다. 알고는 있지만.

모든 것이 처음이고, 전부 돌이킬 수 없는 일들이라고 생각하니 좀처럼 간단히 나설 수 없었다.

……그래도.

손을 잡는 정도라면 괜찮지 않을까.

나는 지금 그렇게 생각할 수가 있었다.

"다음에는 밥 지어주러 올게."

그녀는 오늘까지, 둔감한 나조차도 알기 쉽게 호의를 반복해서 표현해 주었으니까. 그게 용기와 자신감을 주었으니까.

앞에 지나다니는 사람은 없었다.

"저기."

나는, 최대한 별일 아니라는 듯이 말을 꺼냈다.

"손…… 잡을까?"

……, 가 섞여 버렸다는 걸 자각했다.

그녀는 어머나, 라는 식으로 보더니, 곧바로,

"응."

조금 수줍어하며 미소를 지었다.

안심했다.

나는 어색하게 손을 뻗어…… 그녀의 손가락과 손바닥을 감쌌다.

작고, 가느다랗고, 매끄럽고, 의외일 정도로 차가웠다.

남자의 손과는 완전히 달랐다.

가슴이 쿵쿵거려서 내 심장이 크게 움직이는 걸 알 수 있었다.

좋다, 라고 생각했다. 커플다운 일을 해서가 아니라, 뭐라고 할까, 나와 그녀가 서로를 받아들인다는 걸 손의 감촉으로 확인할 수 있다는 실감이, 행복했다.

들떠서 기분이 좋던 나는, 옆의 분위기가 변한 것을 깨닫고 고개를 돌렸다.

그녀가 눈물을 흘리고 있었다.

스스로도 놀란 표정으로, 마치 쓴웃음 같은 미소를 지으며, 눈을 감고 고개를 숙이고 있었다.

"아니야."

"알아."

너는 울보니까.

"너무 기뻐서…… 우는 거지?"

"응."

……아아, 안 되겠다.

우는 그녀를 보며, 내 마음은 다시 신성하고 깨끗한 것으로 변해 갔다.

그대로 탄바바시의 개찰구에 도착했다.

"그럼 알바 힘내."

"응."

"다음에는 밥 만들어 줄게."

"기대하고 있을게."

그녀는 몇 번이나 돌아보며 홈으로 가는 계단을 내려갔다.

나는 들었던 손을 내리고, 여운을 안고서 맨션으로 돌아간다.

방으로 돌아가니 그녀가 해 준 이삿짐 정리의 성과가 보였다.

가지런히 쌓인 책이나 잘 접어서 구석에 모아놓은 골판지 상자를 보니 나 아닌 다른 사람의 손이 닿았다는 느낌이 물씬 풍겨 와, 누군가가 돌아간 후의 독특한 쓸쓸함을 느끼게 했다.

그녀와 보낸 하루에 만족감을 느끼며, 신성한 마음을 안고서, 이제부터 어떻게 하면 좋을지 조금 고민했다.

～6～

펜크로키를 끝내고 나는 평소의 약속 장소…… 산조 역의 구불거리는 기둥 앞으로 갔다.

그녀는 언제나 그렇듯 나보다 먼저 거기에 와 있었다.

"빨리 왔네."

"뭐, 그렇지."

가벼운 말투였다. 처음 만나던 시절이라면 '우연히 일찍 도착한 거야.' 같은 말을 했겠지.

"타카토시 군이 너무 늦은 게 아닐까?"

"5분 전인데."

"뭐, 그렇지."

"뭐, 그렇지, 라고 말하고 싶은 것뿐이지?"

쿡 웃는 그녀의 머리카락이 흔들린다. 평소보다 더욱 윤기가 나고 전체적으로 단정하다는 걸 깨달았다. 이건 남자친구로서 언급해 줄 수밖에 없겠지.

"머리카락이 예뻐 보이는데?"

"오옷. 미용실에 다녀왔거든."

"잘랐어?"

길이는 거의 변하지 않은 것 같은데.

"응, 잘랐어. 알기 어려울지도 모르겠네."

다시 봐도 뭐가 다른지 모르겠다. 여자의 감각이란 걸까. 하지만 그렇다고 '그럼 가는 의미가 있긴 해?' 라고 말할 만큼 나는 어리석지 않다.

"조금 기분 전환을 하고 싶었거든."

"무슨 일 있었어?"

"음~ 그냥. 타카토시 군이야말로 안 잘라? 꽤 긴 것 같은데?"

"응? 아……."

앞머리를 집었다. 객관적으로 길다는 소리를 들을 정도는 아니지만, 확실히 원래 잘라야 하는 시기에서 한 달도 더 지났다.

"그런 걸 보고 아는구나."

"뭐, 대체로는."

역시 미용 전문학교 학생.

"그냥 어디까지 길어지는지 시험해 볼까 생각해서. 한 번 정도는 장발을……."

"안 돼! 음침해 보인다고!"

"음침……."

"장발은 제대로 관리하지 않으면 불결할 뿐이야. 타카토시 군은 그런 거 안 하잖아? 귀찮아하는 사람이잖아?"

"……응."

"그럼 짧은 편이 나아. 무조건."

요즘 에미는 이런 말도 솔직하게 해 준다.

"하지만 돈을 절약해야 해서……."

"그럼 내가 잘라줄게. 지금 가위 가지고 있으니까."

톡, 하고 가방을 두드렸다.

"그럼 가자."

"앗."

그녀가 개찰구로 걷기 시작했다. 나는 허둥지둥 이동해 옆에 나란히 섰다.

돌아보니 눈이 마주쳐, 암묵적인 합의로 손을 잡았다. 지금은 진정되었지만, 처음 손을 잡은 다음 날이나 그다음 날에 그녀는 엄청나게 손을 잡고 싶어 했다. 나는 그게 부끄럽고 기뻤다.

"맞다. 소설 읽었어."

두근, 하고 심장이 부풀어 올랐다.

그렇다. 그 후에 나는 프린트한 작품을 그녀에게 건네고 감상을 들려달라고 부탁했다.

"감상은……."

"방에 가서 들을게! 방에서 들을 거야!"

나는 손을 떼고 지갑에서 허둥지둥 정기권을 꺼냈다.

"그렇게 서둘러 봐야, 전철 오는 시간은 어차피 똑같아."

그녀는 가볍게 웃었다.

테이블을 사이에 두고 마주 앉아 있었다.

쭉 머리에서 떨어지지 않았다.

원고를 건네준 지 이틀. '다 읽었을까?' 라는 생각에 아침부터 밤까지 신경이 쓰여 전화를 걸려다가, 오히려 너무 생각이 복잡해져 걸지 못하기도 했다.

눈앞에 보이는 편안한 태도의 그녀가, 나에게는 정말 두렵게 느껴졌다.

"감상은 말이지……."

심장이 두근거렸다.

그리고 그녀는 옆에 둔 가방을 열더니 거기서 엷은 물빛 편지를 꺼냈다.

"편지로 써 왔어."

"오오."

의표를 찔려 나는 모호하게 반응했다.

"자."

"고마워."

그것을 받아들고 안에서 편지지를 꺼내어 읽기 시작했다.

타카토시에게

일단 소설을 읽을 기회를 줘서 고마워.
누구한테도 말한 적 없는 비밀을 보여줘서 엄청 기뻤어.
깜짝 놀랐어!
이렇게 많은 페이지를 쓸 수 있다니, 그것만으로도 대단해.
난 못 해…… 현기증 나겠다^^
이런 건 상관없는 얘기겠네. 감상하고는.
정말 재미있었어.
유고가 귀엽더라. 정체에는 놀랐지만 정말 가슴 아팠어.
울음을 터뜨리는 장면에선 나도 울 뻔했어.
사사하라도…… 어쩔 수 없긴 했지만 '왜 좀 더 상냥하게
대해 주지 않는 거야!'라고 말하고 싶어지더라.
(｡˘＿˘｡)
특히 후반부는 엄청 몰입하는 바람에 다른 일로 중단해야
했을 때는 '빨리 다음 내용을 읽고 싶어!'라고 생각했어.
이걸 타카토시가 썼다고 생각하니 정말로 존경스러워.
어쩐지 기뻐졌어.
나도 좀 더 분발해야겠다는 자극이 되었어.
정리가 잘 안 되어서 여기까지만!
앞으로도 다양한 작품을 써 줘.

후쿠주 에미

* 하나 신경 쓰인 점

지문에서 '~인 듯한'이란 표현을 연속으로 쓰면 문장이 불명료해져서 알기 힘들어진다는 얘기를 들은 적이 있어.

그런 문제가 있다는 건 알겠더라.

그런데 실제로는 어떨지……. (´・・`)??

다 읽고 나니 손가락에서 힘이 빠져, 편지지에서 살짝 소리가 났다.

정말 진지하게 생각하고 써 줬다는 게 전해지는 편지였다.

"……."

눈이 녹은 강처럼 안도감이 퍼지고, 봄의 기쁨이 피어올랐다.

빨리 다음 내용을 읽고 싶다는 부분을 읽었을 때는 특히 위험했다.

편지지에서 고개를 들자, 맞은편의 그녀가 미소를 지으며 '대략 이런 감상이야'라는 듯이 고개를 갸웃거렸다.

"엄청 재미있었어."

다시 기쁨이 확 퍼졌다.

"다행이야……."

한숨을 푹 내쉬며 테이블에 기댔다.

"엄청 조마조마했거든. '다 읽었을까?'라든가 '어떻게 생각했을까?'라든가 쭉 신경 쓰였어. 전화를 걸려다가 그만둔 적도 있고."

고양된 기분으로 말했다.

"다음 내용을 읽고 싶었던 건 어디쯤?"

"으음, 아침 공원에서 작별 인사를 나누는 대목."

"거기인가…… 그렇군."

"편지에 써 둘 걸 그랬네."

"아냐. 이렇게 직접 듣는 게 기쁘니까. 물론 편지도 기뻤어. 이거 몇 번이고 반복해서 읽을 것 같아. 소중히 간직할게."

그러자 그녀는 한순간 촉촉이 젖어든 눈으로 "기뻐."라고 말하며 웃었다.

그 표정이 정말 매력적이고 사랑스럽게 느껴졌다.

"큰일이야. 껴안고 싶어."

기분에 휩쓸려 그 말을 입에 담았다.

"그럼 껴안으면 되지 않아?"

그녀가 가볍게 응했다.

나는 분위기에 더해 그러고 싶다는 마음도 확실히 있었기에.

"좋아."

무릎걸음으로 그녀에게 다가가…… 껴안았다.

내 몸에 기대는 폭신하고 부드러운 감촉, 피부에 배어드는 따스함.

그녀는 아무 말도 하지 않고. 움직이지도 않았다. 하지만 나에게 몸을 맡긴다는 건 알 수 있었다.

그것이 보이지 않는 기울어짐이 되어 나를 떠밀었다. 가속하는 흐름이 우리의 공간을 바꾸어 간다. 멈추지 않게 된다……

무서워져서 몸을 떼어 버렸다.

"아. 응……. 아하하."

웃으며 얼버무렸다.

7

그녀가 다루는 가위가 새 쓰레기봉투를 부드럽게 잘라서 평평한 시트로 만들었다.

그녀는 같은 방법으로 만든 시트 위에 앉은 내 목에 수건을 감고, 지금 자른 시트를 겹쳐서 감은 다음에 팔에 붙여 놓은 셀로판테이프 세 개로 고정했다.

"불편하지 않으신가요?"

미용사의 정해진 멘트를 하는 게 웃겼다.

"괜찮네요."

"오늘은 어떻게 해 드릴까요?"

"짧게 쳐 주세요."

역할 놀이를 하며 서로 쿡쿡하고 웃었다.

"짧게 잘라 드리겠습니다."

그녀의 빗이 젖은 내 머리카락을 잡고, 끝을 가위로 샥샥 잘랐다.

"능숙한걸."

"제법이지?"

싼 곳에 가면 가끔 서툰 사람이 걸리는데, 그런 사람은 너무 움직임이 딱딱해서 빗을 몇 번이나 떨어뜨리는 경우도았다. 하지만 그녀에게는 그런 불안감이 전혀 없었다.

"야무진 아이의 오라가 뿜어져 나오는걸."

"안 나와~."

"나온다니까. '난 야무져! 야무진 아이!' 라는 자신만만한 오라가."

"너무 주관적인 소리 같은데에?"

거울이 없기에 가끔 그녀가 앞으로 돌아온다. 웃긴 표정을 짓고서 기다리니 풋 하고 웃음을 터뜨렸다.

"못 말려."

그녀가 경쾌하게 빗으로 머리카락을 고정한 후에 잘라 나갔다. 목이나 어깨로 머리카락이 싹둑싹둑 떨어진다.

내가 어떻게 변하는지 모르니 정말 따분했다. 미용실의 거울이 손님에게 얼마나 소중한 존재인지 이제야 깨달았다.

눈을 감으니 머리에 닿는 그녀의 손가락이나 손바닥을 느낄 수 있어서, 그게 정말로 기분이 좋았다.

"예전에 드라마인지 뭔지에서 연인이 머리를 잘라주는 장면이 있었거든."

'응.'

'아마 바닷가였을 텐데, 아무튼 멋있는 장면이었어."

"이쪽은 쓰레기봉투인데."

"그래. 우리는 허름한 단칸방에서 쓰레기봉투를 감고 있어. 현실이란 이런 거겠지."

"이런 겁니다요."

"하지만…… 나쁘지 않아."

"그렇지."

시트에 떨어진 머리카락이 꽤 많아졌다.

"만져 봐도 돼?"

"응."

"오, 엄청 짧아졌네."

"너무 짧게 잘랐나?"

"이 정도는 괜찮아. 고등학생 때는 더 짧았으니까."

짧게 잘린 옆머리가 까칠까칠해서 감촉이 좋았다.

"한 번 있었어."

"뭐가?"

"쓰레기봉투를 입은 적이. 초등학교 6학년 때 문화제에서 연극을 했거든. 모모타로의 할아버지였는데 의상이 쓰레기봉투였어."

"뭐~, 어째서?"

"어째서였을까? 뭐, 초등학생의 문화제란 원래 다 그런 게 아닐까."

"연극은 어땠어? 타카토시 군은 연기 잘했어?"

"응, 뭐, 그럭저럭."

"와아, 볼 수 있었으면 좋았을 텐데."

"아무튼 기뻤나 봐. 밤에 그 의상을 입고 잤어."

"아아, 어쩐지 아쉽다고 할까, 그 역할에서 벗어나기 싫은 감각이지."

"그래, 맞아. 에미도 그런 적 있어?"

"있었어."

"……나 지금 이름만 부르지 않았어?"

"괜찮지 않을까?"

"괜찮으려나."

"괜찮아."

"……에미."

"타카토시."

"……조금 창피하지만, 괜찮을 것 같네."

"그러게."

"에미."

"타카토시."

"……또 울 것 같은 얼굴인데?"

"아냐, 아냐. 그래서? 쓰레기 봉투를 입고 잤는데 어떻게 됐어?"

"밤중에 기분 나빠서 눈을 떴거든. 땀으로 흠뻑 젖어 있더라. 비닐은 땀을 흡수 안 하잖아. 그래서 벗었지."

"천 재질은 소중하지."

"소중하고말고."

머리를 다 잘랐다. 불평할 구석이 없을 만큼 깔끔한 커트였다.

에미가 저녁 식사를 만들어 주었다.

수제 토마토소스로 만든 파스타와 샐러드.

이번에도 머리를 포니테일로 묶고 에이프런을 걸친 에미를, 나는 행복해하며 넋을 잃고 바라보았다. 좁은 싱크대에서 토마토를 삶아 껍질을 벗겨내는 모습에서 '여자 친구니까'라는 형태에 얽매이지 않는 진지함과, 메뉴 선택에서 '너무 손이 가지도 않고 너무 건성이지도 않은, 그러면서도 적당하게 분위기가 나는' 균형 감각이 드러나는 게 정말로 그녀답다고 생각했다.

"맛있어."

내 감상을 듣고 에미가 웃었다.

"다행이야."

"이 토마토소스 좋은데. 토마토로 직접 만들면 파는 거랑 이렇게 다르구나."

"수제 느낌이 나지?"

에미는 자기가 만든 파스타를 먹더니 납득한 표정으로 고개를 끄덕였다.

"여자 친구의 수제 요리라는 거야. 이런 건 처음이지만 어쩐지 엄청 기뻐."

나는 '응, 맛있어. 진짜 맛있어.'라고 말하며 계속 먹었다. 그녀는 손을 멈추고 그런 나를 가만히 바라보았다.

"에미도 먹어."

"아…… 응."

"또 만들어 줘. 나도 뭔가 만들 테니까."

"응."

미소를 짓던 그녀가 갑자기 짧게 숨을 들이마시더니, 눈에 눈물이 고였다.

"……왜 그래?"

"꽃가루 때문에."

"울 만한 요소는 아무것도 없지 않았어?"

"꽃가루 때문이라니까."

에미는 정말로 울보다.

이불 매트에 나란히 앉아 텔레비전을 보고 있었다.

처음에는 방송을 보며 웃거나 딴죽도 걸었지만, 점점 나른해지고 말수가 적어졌다.

그러는 동안 텔레비전 소리가 소음처럼 들리기 시작했다.

"……꺼도 돼?"

"응."

껐다.

캄캄해진 텔레비전이 호흡 한 번 하는 사이에 조용해지고, 방의 공기가 착 가라앉았다.

우리는 그저 그것을 받아들이고 정적 속에 있었지만, 전혀 괴롭지 않았다. 뭔가 말해야 한다는 의무감에 사로잡히지 않고, 곁에 있는 사람의 존재감을 온기로 느끼며, 그것만으로 만족해 기분 좋은 침묵을 즐기고 있었다.

서로가 그러고 있다는 사실을 텔레파시처럼 공유할 수 있었다.

옆을 보니 그녀도 고개를 돌렸다.

키스하고 싶다는 생각이 떠올랐다.

공유되었다.

그때부터는 정말 별끼리 이끌리듯 자연스럽게, 우리는 고개를 기울이고 입술을 접근시켜…… 포개었다.

허무할 정도로 쉽게 성공한 키스는 놀라울 만큼 기분 좋고, 온몸에 물결이 퍼져 나가는 듯해서, 뭐라 할까, 머릿속 깊은 곳에서 '이 사람이다'라는 감각이 전보다 훨씬 강하게 빛나고…… 나는 감동했다.

다들 이럴까. 키스란 원래 이렇게 대단하고, 그래서 모두 감동하는 걸까.

키스를 끝내고 우리는 수줍은 표정으로 서로를 바라보았다.

그리고 다시 이끌렸다.

가냘픈 몸을 끌어안았다.

～8～

뭐든 잘 풀릴 것 같다는 기분이 들었다.

에미와 이불 속에서 달라붙어 서로를 마주 보며, 사소한 계기로도 웃게 되는 따뜻함을 공유하며.

모든 것이 충만했고, 더 이상 아무것도 필요 없다고 진심으로 느낄 수 있었다.

눈앞에는 아름다운 사람이 있고, 나를 생각해 주고, 미소를 지어 주고, 피부가 닿는 행복한 감촉이 있고, 나 또한 그녀에게 같은 것을 주면서 서로를 사랑하고 있다.

4월 말의 밤은 아무런 불편함 없이 기분이 좋아, 모든 것이, 정말로 모든 것이 충만해 있었다.

얼마나 그러고 있었을까.

그녀가 가만히 엎드려, 베갯머리에 놓아둔 손목시계를 보았다.

"아⋯⋯."

"⋯⋯몇 시야?"

"11시."

"그렇구나⋯⋯."

통금시간이 다가오고 있었다.

나는 재빨리 스위치를 전환했다. 지금 출발해도 아슬아슬하다. 에미와 좀 더 함께 있고 싶지만, 통금시간을 어겨서 일이 꼬이는 쪽이 나중을 생각하면 더 안 좋다.

나는 일어섰다.

가자. 그렇게 말을 걸려고 돌아보니…… 에미가 베개에 얼굴을 묻고 있었다.

"……왜 그래?"

조금 늦게, 얼굴을 묻고서 고개를 저었다.

그리고 다시 움직이지 않았다.

우는 건 아닌가…… 그렇게 생각했을 때, 그녀가 기세 좋게 고개를 들었다.

"돌아갈까."

가벼운 말투로 말하더니, 일어나서 개 둔 옷의 위치를 확인했다.

"바래다줄게."

"괜찮아, 누워 있어도 돼."

"괜찮다니까."

그녀의 뒤를 지나 옷을 가지러 갔다.

옷을 갈아입으며 에미를 보았다. 속옷만 걸친 모습이 정말 섹시해서, 실감이 생겨났다. 잘 표현할 수는 없지만.

그녀가 살짝 나무라는 눈빛을 보내기에 내가 지금 어떤 표정인지 상상할 수 있었다.

엄청나게 기분이 좋았다.

방문을 열고 우리는 걷기 시작했다.

집에서 도로로 나왔을 때, 나는 조금 더 그녀와 이어져 있고 싶어서 손을 잡았다. 여운 때문인지 손과 손 사이의 온도가 평소보다 뜨겁고 친밀했다.

"……그럼 조심해서 가."

인적 없는 개찰구에서 우리는 서로 마주 보았다.

멀어지기 힘든 공기 속에서. 나는 개찰구 너머의 전광판을 보았다.

"곧 전철이 올 거야."

"그러게."

전광판을 바라보는 옆모습은 정말로 투명하고, 애절했다. 붙잡고 싶은 충동을 억누르기 위해 나는 서투른 농담을 했다.

"0시까지 돌아가지 않으면 마법이 풀릴 거야."

"그러게."

에미는 이쪽을 보고 아쉽다는 듯이 웃었다.

"풀려 버리겠지."

그리고 평소처럼 몇 번이나, 몇 번이나 돌아보고 손을 흔들며 플랫폼으로 이어지는 계단을 내려갔다.

배웅한 후에, 몸을 돌려 귀로에 올랐다.

조금 전에 그녀와 함께였던 길을 반대로 되짚어간다. 쓸쓸함도 있지만, 그보다는 충족의 여운이 등불처럼 나를 비추었다. 기뻐서 그만 밤하늘을 우러러볼 때도 있었다.

내일부터 골든위크다. 어디 갈 만한 재미있는 곳은 없는지 알아보자. 그런 생각을 하며 맨션으로 돌아왔다.

좁은 부엌을 빠져나와 거실 입구에서 문득 발걸음을 멈췄다. 그곳에 아직 온기처럼 남은 에미의 기척을 바라보았다.

100엔샵에서 산 얇은 쿠션 옆에 뭔가가 떨어져 있었다.

"······?"

작은 메모장이었다.

꽤 오래 썼다. 본 적이 없는 디자인이니 아마 내 건 아니다.

에미가 떨어뜨렸을까. 하지만 단순히 내가 까먹었을 가능성도 있다. 이삿짐에서 옛날에 쓰던 물건이 나왔다든가.

표지를 펼쳐, 첫 페이지를 확인했다.

5월 23일
1일 차. 그에게는 마지막 날.
타카라가이케에서 사진을 찍는다.

5월 22일
그와 히라카타로 간다.
그의 부모님과 만난다.

5월 21일
탄바바시의 맨션에서
하루 종일 함께 지낸다★

5월 20일
니시우치 군의 맨션에서 술자리.

……이게 뭐지?

제대로 된 일본어로 쓰여 있는데도 문장의 의미를 전혀 알 수 없었다.

여기에 있는 '그'가 아마도 나라는 건 알겠다. 하지만 오늘은 4월 28일이고, 내용도 기억에 없는 것들뿐이라 마치 암호를 읽는 감각이었다.

그리고 또 한 가지 알 수 있는 건, 이게 틀림없이 에미가 쓴 글씨라는 점이었다.

휴대전화가 울렸다.

저도 모르게 깜짝 놀랐다.

화면의 표시는 '공중전화'. 내가 아는 사람 중에 여기서 전화를 걸 사람은 한 명밖에 없다. 타이밍을 봐도, 아마.

나는 살짝 긴장하며 버튼을 눌렀다.

……서로 짧은 침묵. 뭔가 말하려 했을 때.

『타카토시.』

"무, 무슨 일이야?"

『메모장은 벌써 봤지?』

그 뉘앙스에 뭔가가 마음에 걸려서, 그게 무언지 생각했다.

"봤……는데."

깨달았다. 그래, 마치…… 내가 보게 될 것을 사전에 알고 있었던 듯했다.

『의미를 알 수 없었지?』

"……솔직히 그래."

『그렇겠지.』

쓴웃음을 짓는 분위기.

"그건……."

『지금 방에 가도 돼?』

"어……?"

『실은 지금 탄바바시 역에 있어. 네가 간 후에 곧바로 개찰구로 되돌아왔거든.』

따라갈 수 없다.

이야기의 흐름을 전혀 따라갈 수가 없다.

당황스러워하며, 나는 겨우 이런 의문을 입에 담았다.

"……통금시간은?"

상황에 맞지 않는, 얼빠진 소리임을 깨달았다.

『갈게.』

그 목소리에는 슬픔이 담긴 습기가 있어서, 나는 통화하는 상대가 확실히 에미라고 생각할 수 있었다.

　『숨기고 있던 걸, 전부 얘기할게.』

　동요하고 있었다.

　통화가 끝난 직후에는 굳어 있었지만, 금세 정신을 차렸다.

　역에서 여기까지는 금방이다.

　방을 둘러보고, 일단 흐트러진 이불을 정돈하며 생각했다.

　숨기고 있던 게 대체 뭘까.

　나는 자연스레 마음의 준비를 시작했다. 다양한 가능성을 떠올렸다.

　사실 에미에게는—— 엄청나게 별난 버릇이나 습관, 독특한 사고방식이 있다.

　그 하나하나에 마음속으로 '괜찮아. 받아들일 수 있어.'라고 체크마크를 붙여 갔다.

　있다면 그 정도일 것이다. 괜찮아, 괜찮을 거야.

　가음과 방을 정돈하고 나는 테이블 앞에 앉았다. 그때부터가 의외로 길어서, 초조해하기까지 했다.

　초인종이 울렸다.

　곧바로 일어서서 문을 열었다.

　에미가 결심한 표정으로 서 있었다.

나는 미소를 지으며 그녀를 맞이했다.

언제나 그렇듯 테이블에 마주 앉았다.

"뭔가 마실래?"

에미는 흘끔 손목시계를 보고 고개를 가로저었다.

"그다지 시간이 없거든."

"……통금?"

에미는 나를 바라보더니, 눈을 내리깔고 웃었다.

"그거, 거짓말이야."

그럴지도 모른다고 막연하게 생각했지만, 직접 들으니 쇼크였다.

"어째서?"

내 질문에 그녀는 잠시 뜸을 들이고,

"저기."

"…….."

"나 이제부터, 엄청 비현실적인 얘기를, 할 거야."

"…….."

"놀랄 테지만, 그래도, 확실히 믿게 해 줄 테니까."

그 말에는 준비해 온 대사라는 뉘앙스가 있었다.

"……어떤 얘기인데?"

심장이 기분 나쁘게 요동치고 있었다.

에미가 입은 카디건의 어깨에 소리가 방울방울 맺혀 고요히 스며드는 착각.

그 소리 방울을 떨쳐내듯 입을 열었다.

"타카토시는 이 세계 옆에 다른 세계가 있다……는 얘기를 들으면 어떻게 생각할 거야?"

"……."

패러렐 월드 같은 건가. 조금이나마 물리에 관심이 있거나 만화를 어느 정도 읽은 사람이라면 익숙한 설이다. 난…….

"있을지도 모른다고, 생각하는데?"

"난 거기서 왔어."

"어?"

"난 이 옆 세계의 주민이고, 거기서 왔어."

내 마음속이, 조용히, 폭풍처럼 흐트러졌다.

어떻게 해석하면 좋을까. 가능성은, 그래, 세 가지다.

①에미는 정신세계가 좀 독특하다.

②망상을 좋아하는 중2병이다.

③이건 거짓말이고 다른 서프라이즈가 있다.

③이 가장 유력했다. 오늘까지 지내 온 날들이 그렇게 말했다. 그야 에미한테서 위화감을 느낀 적은 한 번도 없으니까. 그녀는 머리가 좋고 재치가 있고, 남자친구로서 가끔 질릴 정도로 야무진 아이다.

"정신세계도 평범하고, 중2병도, 서프라이즈도 아니야."

에미의 말에 심장을 꿰뚫린 것처럼 놀랐다.

"타카토시 군은 지금, 그렇게 생각하고 있지?"

그 온화한 표정이 갑자기 신비성을 띤 것처럼 보였다. 마치 모든 것을 아는 듯한, 내가 보지 못하는 것을 보는 듯한.

"……."

설마 정말로…… 그렇다면.

아니, 아무리 그래도 다른 세계라니.

"……때가 됐네."

그녀가 손목시계를 확인했다.

나도 휴대전화를 보니 23:58이라고 표시되어 있었다.

"0시에…… 뭐가 있는데?"

"응. '조정'이 일어날 거야."

"조정……?"

"내 세계와 이 세계는 시간의 흐름이 완전히 다르거든. 저쪽의 흐름에 얽매인 내가 이쪽에 체재하고 있으면 다양한 모순이 일어날 수 있어. 그것을 막기 위해 있는 거라고 하더라."

"……?"

그녀가 무슨 소리를 하는지 전혀 알 수 없었다. 뇌가 이물질의 수용을 거부하고 있다.

"구체적으로 말하면, 0시가 된 순간에 난 여기서 사라져."

"……."

"아, 괜찮아. 내가 이 세계에서 체재하는 방으로 돌아가는 것뿐이니까. ……그리고 내 날짜가 바뀌는 거야. 너와는

다른 방향으로."

혼란에 빠져 마비되어 가는 사고나 감정을, 또 하나의 자신이 냉정하게 분석하고 있었다.

그렇게 정채를 잃은 시야 속에서, 그녀가 "그런가아." 하고 가볍게 한숨을 내쉬었다.

"이 시점에는 이렇게까지 전해지지 않는구나."

곤란하다는 분위기로 눈을 가느다랗게 떴다. 그 장난스러운 표정이나 목소리가 평소와 완전히 같은 에미였기에, 나는 정말로 어떻게 해야 좋을지 알 수 없었다.

"내 어깨에 손을 얹어 줘."

"……어?"

"사라진다고 했잖아? 그걸 증명해 줄게."

"……."

"빨리. 20초도 안 남았어."

여전히 주저하자 그녀의 웃음이 슬픔으로 흐려졌다.

"지금의 나는, 그다지 만지고 싶지 않은…… 거야?"

나는 그녀의 어깨에 손을 얹었다. 부드러운 카디건과 피부의 탄력.

"……고마워."

속삭이듯이.

"내일, 29일 아침 6시에 네가 다니는 대학교 교실에서 기다릴게."

내가 대답하기 전에…….

"지금부터 말하는 건 엄청나게 중요하니까 잘 들어 줘."

그녀는 빠르게 말하더니 한 번 숨을 들이마시고, 낮고 확실한 목소리로 말했다.

"네가 10년 전에 받은 그 상자를 가지고 와 줘. 만화와 같이 골판지 상자에 들어 있었던 그것."

놀라서 되물으려 한 순간, 손바닥이 툭…… 떨어졌다.

사라졌다.

눈앞의 벽이 훤히 보인다.

벽을 가로막고 있던 존재가 사라졌기 때문이다.

"……."

허공에 멈춘 손을 바라보고, 그것을 천천히 옆으로 움직였다. 아무것도 없는 공간을 허무하게 왕복할 뿐이었다.

꿈이 아닌지 진심으로 의심했다. 이런 좋지 않은 꿈은 깨어나려고 마음먹으면 깰 수 있는 법이다.

……깨지 않는다.

포기하고, 어쩔 줄 몰라 하다가, 시간을 확인하니 0시에서 2분이 지나 있었다.

∽9∽

웬일인지 아침 안개가 끼어 있었다.

골든위크 첫날 아침, 아무도 없는 대학교 캠퍼스에 새하얀 안개가 끼어 있었다.

게임 같다고 생각하며, 나는 만화학과 건물동으로 이어지는 아스팔트 언덕길을 올라가고 있었다.

잠을 못 잔 채 여기로 왔다.

게미가 눈앞에서 사라졌음을 인정하고 그녀의 말을 전부 기억하면서도, 나는 현실감이 약해진 탓에 충격에 직면한 나 자신의 상황을 남의 일처럼 받아들이고 있었다. 고민한다는 행위는 현실에 근거한 문제에서나 가능하고, 이런 비현실적인 일에는 초점이 안 맞아 고민 자체가 불가능하다는 사실을 알았다.

수증기를 머금은 공기를 폐에 받아들였다.

어깨에 멘 가방에는 그 상자가 들어 있었다.

탁의 유리문을 지나자, 조명이 꺼져 어두운 내부에 노출된 콘크리트 벽에서 춥고 습한 정적이 배어 나오고 있었다.

정면의 계단을 올라가자마자 교실의 검은 금속 문이 보였다.

손잡이를 돌려서 천천히…… 안쪽으로 밀었다.

어슴푸레한 빛과, 어둠.

안쪽 한 면의 창문이 안개로 탁해진 빛을 받아들여, 교실에 늘어선 책상을 하얗게 부각시켰다. 그 광경은 어딘지 새벽녘의 바닷가를 연상시켰다.

에미는 내 자리에서 벽에 붙은 펜크로키를 바라보고 있었다.

천천히…… 돌아보았다.

미소를 지으며 뒷머리를 가볍게 흔들었다. 그 길이에 위화감을 느꼈다.

꽤 긴…… 듯한데.

당황스러움을 느끼며 에미 앞으로 걸어갔다.

나를 올려다보는 그녀 앞에 서서, 속임수가 공개되기를 기대하고 있었다. '깜짝 놀랐지?' 라고 말하고 웃으며, 그건 속임수였고 이런 방법이었다고 밝히고, 나는 '그럴 수가.' 라며 힘이 빠지고, 그녀는 일부러 이런 짓을 한 멋진 이유를 말하기 시작하고…….

"놀랐어?"

에미가 말했다. 어젯밤과 다르지 않은 그 온화함이, 어제의 화제가 이어진다는 것을 알기 쉽게 전하고 있었다.

나는 뭐라고 말해야 좋을지 알 수 없었다. 일단,

"……머리카락."

"응. 꽤 길지?"

"……가발이야?"

"내 머리카락이야."

그건 이상하다.

그야 지금의 머리카락은 허리 아래 정도까지 오니까. 어제보다 20센티미터는 길 것이다. 하루 만에 그렇게 길 리가…….

"길어진 게 아니야. 아직 자르지 않은 거야."

"……어?"

"내가 이제부터 하는 이야기를 믿게 하기 위해 생각한 거야."

그렇게 말하고 에미가 "일단 이거."하며 벽에 붙은 작품을 가리켰다.

기린의 펜 크로키.

"타카토시는 신경 쓰고 있었지? 벽에 붙을 걸 내가 미리 아는 것처럼 말했던 거. 그리고 내가 그런 소리를 했던가, 라며 얼버무렸으니까."

데미한테서 시선을 피하듯 내 크로키를 바라보았다.

"미안해. 사실은 알고 있었어. 원래 그 타이밍에서 말하게 되어 있거든."

그녀의 말투가 이상했다.

"……되어 있었거든, 이 아니라?"

"그게 아니라."

나를 이해시키려 하는 그녀의 말투.

그 메모장의 이상한 기록이 떠올랐다.

5월 23일이 첫 행이고, 다음으로 갈수록 날짜가 거슬러 올라가, 처음 만난 4월 13일에 끝났다.

거기에는 '마지막 날'이라고 쓰여 있었다.

"나한테 예지능력 같은 건 없어. 단지…… 너와 시간이 흐르는 방향이 다를 뿐이야."

크로키를 그린 도화지가 흐릿한 음영으로 나누어졌다. 해의 위치가 높아져 창문으로 들어오는 빛의 양이 늘어났다.

"난 그래서 알아. 이렇게 붙은 크로키도, 난 방금 처음 봤어. 네가 통과한 4월 14일은 너에게는 과거여도 나한테는 미래의 일이니까. 지금으로부터 15일 후의 미래니까. ……이 머리카락도."

에미가 일어서서, 내 쪽으로 머리카락 다발을 들어 올렸다.

"내일 자를 거야. 미용실에 갈 거거든. 그리고 산조 역의 구불거리는 기둥 앞에서 언제나 그렇듯 너와 만날 거야. ……하지만 그건 너한테는 어제의 일, 이지."

들어 올린 에미의 머리카락이, 둥근 뺨이, 차오르는 달처럼 흐릿하게 빛에 비추어지고 있었다.

가찬가지로 비추어지고 있을 나의 뇌리에, 스멀스멀 떠오르는 것이 있었다.

어째서 크로키가 붙을 것을 알았는지. 날짜 순서가 뒤집힌 메모. 어제보다 훨씬 긴 머리. 옆 세계의 사람. 시간이 흐르는 방향이 다르다.

'……아니, 아냐.'

나는 저항했다.

깊이 생각하는 건 거부했지만, 그건 정말 싫었다.

"……상자는 가지고 왔지?"

에미가 조용히 할 일을 진행했다.

그래, 그게 있었다.

"어째서 상자에 대해 아는 거야? 말한 적도 없는데."

"이젠 짐작이 가지?"

모든 것을 아는 듯한 잔잔한 눈빛.

'10년 전에 타카토시한테 상자를 맡긴 사람은, 몇 살 정도로 보였어?'

'……. ……모르겠어, 어릴 때 일이라 잘 기억이 안 나."

'선글라스도 쓰고 있었지? 얼굴을 기억하지 못하도록."

'……."

'그 사람은, 딱 서른 살."

에미가 가볍게 미소 지었다.

"10년 후의 나야."

"……"

"타카토시가 있는 세계와 내가 있는 세계는 시간이 반대 방향으로 흘러. 나의 내일은 너에게는 어제고, 나의 10년 후는 너에게는 10년 전이야."

그러니까 말이지.

"네가 열 살 때 만난 사람은, 미래의 나야."

산새의 울음소리가 울려 퍼졌다.

나는 멍하니 서서 그렇게 말하는 에미의 얼굴을 가만히 바라보았다. 그러면서 함께 타코야키를 먹은 아주머니의, 선글라스 너머로 살짝 보인 얼굴을 기억 저편에서 끄집어냈다.

그런 기분……이 들었다.

아직 판단을 내리지 못한 내 눈앞에서, 에미가 책상에 놓인 가방을 끌어당겼다. 안에서…… 작은 열쇠를 꺼냈다.

"자, 미래의 나와 약속한 대로 그 상자를 열자."

"……"

그녀가 내 손을 보고 곤란함이 섞인 미소를 지었다.

그 시선을 따라 나도 시선을 옮기자…… 내 손이 가방을 꽉 잡고 등 뒤로 숨기고 있었다. 마치 가드하듯.

갑자기 왼쪽에서 눈부심을 느꼈다.

뒷산을 완전히 넘어온 아침 해가 옅은 빛을 잔뜩 내뿜었다. 교실에 자리 잡고 있던 어둠이 구석구석까지 싹 걷혔다.

"타카토시."

"……."

나는 딱히, 아무 생각도 하지 않고 있었다. 너무 놀라 그럴 여유도 없었다는 게 솔직한 심정이었다.

그런데도 손이, 움직이려 하지 않았다.

"어째서……인데?"

내가 지은 웃음은, 아마 굳어 있었을 것이다.

"우리의 역사를 위해 필요한 일이야."

빛 속에서 그녀가 말했다.

그 말에 완전히 의표를 찔려, 내 굳은 손이 스르륵 풀렸다.

"……역사?"

"열고 나서 말할게."

…….

나는 가방을 열어 상자를 꺼냈다.

구릿빛의 무광 상자가 빛을 받아 반짝였다. 거친 수지 같은 표면은, 받았을 때와 그다지 변하지 않았다고 생각했다.

"그럼, 열게."

에미가 옆으로 왔다. 내가 열쇠 구멍을 그쪽으로 향하자 그녀가 열쇠를 꽂고, 비틀었다.

철컥, 하는 메마른 소리가 살짝 들렸다.

에미와 눈이 마주쳤다. 나는 상자 안을 확인하고 괴로움을 느꼈다.

뚜껑에 손가락을 댔을 때, 귀 안쪽까지 쿵쾅대는 심장의 고동을 느꼈다.

가벼운 뚜껑을 비스듬하게 들어 올리니, 10년 동안 갇혀 있던 공기가 한숨처럼 새어 나오는 것 같은 착각이 들었다. 그대로 들어 올렸다.

안에 들어 있었던 것은.

"……."

내 사진이었다.

현재의 나였다.

10년 전이 아니라 스무 살의 나.

옆에는 에미—— 현재의 에미가 있고.

둘 다 겨울의 햇살 같은 웃음을 짓고 있었다.

장소는 타카라가이케의 그 정자. 프린트된 일자는……
'2010. 05. 23.' 이라고 되어 있었다.

지금으로부터 약 한 달 뒤다.

"나 정말 세심하지?"

사진 속의 나는 내가 지금 쓰는 휴대전화를 알기 쉽게 보여주고 있었다. 10년 전에 이 기종이 없었다는 건 분명 쉽게 증명할 수 있겠지.

"사실은 아이폰 같은 게 알기 쉽다고 말했지만."

그 말을 한 사람은, 즉…….

"그 사진을 찍은 날은 나한테는 24일 전이야. 너한테는

24일 후가 되지."

……이미 눈이 부시지도 않건만, 나는 눈을 가늘게 뜨고 있었다.

확실히 찍혀있는 사람은 나와 에미인데도, 나는 이것을 찍은 기억이 없다.

이런 일상에서 벗어난 현실을…….

나는 이제, 믿을 수밖에 없었다.

$$\backsim 10 \backsim$$

"그래."

에미가 말했다.

"지진 때 너를 구한 사람은 나야."

"15년 전에."

"15년 후에."

우리는 건물동 근처 뒷산의 산책로를 걷고 있었다. 건물에 사람이 들어와 소란스러워졌기에, 왠지 모르게 밖으로 나오게 되었다.

나뭇가지에 학생이 만든 컬러풀한 새집이 조각처럼 잔뜩 붙어 있거나, 무인도 생활 같은 침상이 조잡하게 설치되어 있기도 했다. 더 안쪽에는 저수조가 있는데, 하야시 일행과 함께 위까지 올라가 본 적이 있다.

"그럼, 에미한테는 미래니까……."

"응. 한다는 사실밖에 몰라."

나에게는 한참 예전의 일인데도.

"난 그 일을 서른 살의 타카토시한테서 들었어."

"서른 살……."

"응, 서른 살의 너. 내가 열 살 때."

……도무지 앞뒤가 안 맞아. 머릿속이 뒤죽박죽될 것 같았다.

새장을 흥미롭게 바라보며 에미가 말했다.

"다섯 살 때는. ……죽을 뻔한 사고에서 네가 나를 구해 줘."

내가 눈을 크게 뜨니, 에미는 사실이라고 대답하듯 미소를 지었다.

전에 말했다. 자신도 다섯 살 때 죽을 뻔한 적이 있다고.

"그럼……."

"그래. 나를 구해 준 생명의 은인은, 타카토시야."

뭔가 말하기 전에 저수조 앞에 도착했다. 녹슨 통조림을 확대한 것 같은 외견에 금속 사다리가 설치되어 있었다.

"올라가 볼래?"

"위에 뭐가 있는데?"

"경치가 조금 좋아."

"그럼 올라가 볼래."

올라갔다.

이 일대를 다 내려다볼 수 있었다.

작은 산들이 물결치듯 이어져 있어서 꼭 녹색 바다처럼 보였다. 산과 산 사이에 논과 집이 있고, 망이 쳐진 운동장이 있었다. 2주 전이라면 벚꽃을 볼 수 있었겠지만 이제는 완전히 신록에 묻혀 버렸다.

"딱 조금만 좋지?"

"꽤 많이 좋은데?"

"그럼 다행이네."

에미는 펼쳐진 동산을 내려다보며, 아까 하던 이야기를 이어서 하기 시작했다.

"……다섯 살 때, 이쪽 세계에 처음 왔어."

"부모님을 따라서. 우리한테는…… 그래, 먼 해외여행 같은 느낌이거든. 우연히 셋 다 주기가 같아서 갈 마음이 들었대. 아무 일도 없었다면, 아마 그 한 번으로 끝났을 거야. 같은 나라에 몇 번이나 가는 일은 좀처럼 없잖아."

확실히 그렇다.

"마지막 날에 큰 축제를 보러 갔어. 거기서 노점 하나가 폭발했거든. 엄청난 폭발이었고, 내가 거기에 있어서 원래는 위험했는데, 폭발 직전에 누군가가 손을 잡아끌어 줘서 살았어. 그 손을 잡아 준 사람이…… 너야."

내가 돌아보자, 그녀는 여전히 경치를 바라보고 있었다.

"넌 나한테 뭔가를 열심히 말했지만, 거의 기억이 나지 않아. 멍하니 있었으니까."

"……그야 그런 일이 있었다면 쇼크를 받았겠지."

"아니, 그게 아니야."

에미가 천천히 고개를 돌리고, 나를 바라보았다.

"너한테 첫눈에 반해서 그래."

시야 아래의 선로에서 에이잔 전철이 달리는 소리가 흐릿하게 들렸다.

"……나한테?"

"그래."

입가에 수줍음이 배어 나왔다.

"다섯 살의 나는, 너를 보면서 '이 사람이야.'라고 느꼈어. 이유는 모르겠지만, 깜짝 놀랄 정도로, 온몸으로 느낀 거야."

그건 어딘가에서 들은 말이었다.

"너랑 같지."

바라보는 눈동자가 검게 젖어들었다.

그때 나는 몸속이 맑아지는 충격을 받았다.

가슴속이 투명해져서, 툭 하고 뭔가가 모여들었다.

어째서 그녀를 봤을 때 온몸에 호소하는 듯한 직감이 있었는지. 깨닫기보다 먼저 이끌렸는지. 지금 우리가 이러고 있는지…….

말로는 표현할 수 없는 큰 틀 속에서 이해한 것이다.

"네가 내 목숨을 구해 주고."

"너도 내 목숨을 구해 주고."

그녀가 이어받았다.

"그 덕분에 우리는 지금 이렇게 만날 수 있는 거야. 반대 방향으로 진행된 시간의 끝과 끝에서 서로의 목숨을 구하고,

어느 쪽이 앞이고 뒤인지도 알 수 없는 인과를 겪어…… 그런 특별한 인연으로, 서로가 스무 살이 된 지금 이렇게 마주 보고 있는 거야."

…….

서로의 과거, 현재, 미래로 깊이 이어져 있다. 그것은. 그런 우리는…….

"운명."

"이지."

그녀가 활짝 웃었다. 내 입에서 나온 그 말이 기쁘다는 듯이.

나는 앉은 자세를 무너뜨렸다. 너무 거대한 이야기라 어쩐지 붕 뜬 기분이었다.

눈앞에 있는 에미가 이제까지보다 더욱, 무엇과도 바꿀 수 없는 특별한 존재로 보였다.

연인이란 원래 특별하지만, 본인들 외에는 전혀 그렇지 않다.

하지만 우리는 정말로 특별하다고 말해도 되지 않을까.

아래쪽 숲에서 바람이 불어 올라왔다. 아침이라고는 해도 봄답지 않게 차가웠다.

"춥지 않아?"

내가 물었다.

"조금."

"······이쪽으로 올래?"

"······응."

다가갔다. 에미가 내 어깨에 얼굴을 대고 모든 것을 맡기듯 몸을 기댔다. 나는 그녀의 허리에 손을 대고, 나를 믿고 기대어 오는 부드러움과 기쁨을 느꼈다.

여러 의미에서 믿기 힘든 일이지만, 이렇게 특별한 사람이 있고 그녀와 특별한 운명으로 엮여 있다는 건······ 정말로 행복한 일이라고 생각했다.

"······그래서, 지금뿐이야."

에미가 주저하듯 말을 꺼냈다.

"뭐가?"

"우리가 같은 나이로 있을 수 있는 건."

차가운 바람이 귀를 찢듯이 훑고 지나갔다.

"······무슨 소리야?"

"난······ 우리 세계의 사람은 이쪽 세계에 5년에 한 번밖에 올 수 없어. 5년에 한 번, 40일 동안만 있을 수 있어."

습도 탓인지 그녀의 숨결이 한순간 희게 물들었다.

"다음에 만나는 건 5년 후고, 우리는 열다섯 살과 스물다섯 살이 돼. 열 살 차이야. 그다음에는 열 살과 서른 살······. 넌 이미 과거에 봤지?"

몸이 석회처럼 하얗게 굳는 듯한 기분이 들었다.

에미의 눈동자를 바라보는 것 말고는 할 수 있는 일이 없었다. 그 촉촉함 너머의 애절함과 흔들림에서 진실을 얻을 수밖에 없었다.

그러니까. 에미가 말했다. 그녀의 아름다운 목소리가 가장 매력적으로 들리는, 호흡과도 같은 속삭임으로.

"지금 이 시간은 정말로 소중해. 우리가 동갑내기 스무 살 연인으로 있을 수 있는 이 5월 23일부터 4월 13일까지의 기간은…… 무엇과도 바꿀 수가 없어."

나는 에미를 끌어안았다.

그러지 않으면 얼어붙어 버릴 것 같았다.

"괜찮아."

에미가 속삭였다.

"다 괜찮아."

목소리 자체가 부드러운 온기처럼 느껴졌다.

"미안해."

"……사과할 일이 아니야."

태연한 척을 하며 말했다. 이렇게 위로만 받으면 나도 고집이 생긴다.

"그런가아."

연한 하늘을 본다.

그녀가 움직이는 낌새가 들더니, 내 머리카락에 손바닥을 가져다 댔다.

"이거, 내가 자른 거지?"

손끝으로 시원스럽게 커트된 옆머리를 가볍게 쓰다듬었
다.

"내가 잘랐지만 참 잘했네."

"……에미한테는 내일이구나."

"그래. 내일 자르러 갈 거야."

부드러운 눈빛의 에미에게, 나는 가만히 얼굴을 가져다
댔다. 그녀도 곧바로 그에 응해, 그렇게 거리를 좁히고……
키스를 나눴다.

마치 뭔가를 메우는 듯한 감각이라, 나는 이런 키스도 있
구나, 하고 생각했다.

제3장

나는 내일,
어제의 너와 만난다

∽ 1 ∽

크로키를 하다 보니 비가 내리기 시작했다.

큰비인 탓에, 나를 포함해 와 있던 클래스메이트들은 다들 게이트 근처의 도서실로 피난했다.

원내라서 그런지 동물 관련 책이 대부분이었다. 클래스메이트 중에는 도감을 꺼내서 그 사진으로 크로키를 시작하는 대단한 녀석도 있었다.

의미 없지 않느냐는 소리가 나올 뻔했지만 마음은 이해한다. 역시 동물은 움직이는 탓에 크로키하기 대단히 곤란하다. 교수는 '순간의 영상을 머리에 새겨라.'라고 말하며 화가의 예도 들었지만, 그런 영상 기억은 특수능력에 속하니 좋은 지도법은 아니라고 생각한다.

"어이, 미나미."

케이한 파의 시마부쿠로가 말을 걸었다.

"여친이랑은 잘 되어 가냐?"

"뭐…… 그냥저냥."

복잡한 기분을 솔직히 드러내 버렸다.

"잘 안 되고 있냐?"

"아니, 그런 건 아닌데."

"상담해 줄까?"

내 어깨에 손을 얹고 고개를 끄덕거린다. 시마부쿠로, 수염은 무성하지만 좋은 녀석이다.

"정말로 아무것도 아니라니까. ……오늘도 이거 끝나고 만나기로 약속했어."

"뭐야."

"미나미야마, 너 여친 생겼어?"

근처 클래스메이트가 달려들었다.

"전에 같이 걷던 아이?"

"……그래."

"정말! 엄청 귀여운 아이던데!"

그걸 계기로 따분해하던 클래스메이트들이 단숨에 모였다.

"그렇게 귀여워?"

"사진 좀 보여줘."

녀석들에게 둘러싸여, 나는 데이트할 때 찍은 사진 한 장을 보여주었다.

"우와, 정말로 귀여운데?"

"정말이네."

휴대전화가 차례차례 돌아, 다들 진심으로 놀란 얼굴을 했다.

"어디서 알게 되었어?"

"이 자식, 헌팅해서 성공한 거야."

하야시가 말했다.

“““뭐라고~!”””

거기서부터 그녀와 사귀게 된 계기에 대해 말하는 신세가 되었다.

원래는 창피하긴 해도 나쁜 기분은 아니었으리라. 하지만 지금은 정말로 복잡한 심경이었다.

다들 생각하지 않겠지. 사진에 찍힌 그녀가 다른 세계의 사람이라는 걸.

내가 오늘 데이트하는 사람은 어제의 그녀라는 걸.

우산을 접고 산조 역으로 가는 에스컬레이터를 내려갔다.

이제부터 만나는 사람은 어제 저수조에서 만난 그 에미가 아니라고. 그보다 과거의 그녀라고…… 오늘은 온통 그 생각만 하다가 알 수 없는 불안에 사로잡혔다.

타카라가이케에, 옆 세계와 이어지는 경계선이 있다고 한다.

저쪽에서만 올 수 있는 일방통행으로, 주변에는(어디인지는 알려줄 수 없다고 한다) 여행 온 사람들의 안내나 관리를 하는 시설이 있고, 에미는 거기서 마련해 준 방에 살고 있다고 한다. 그리고 세계의 모순을 막는다는 이유로 휴대전화와 메일이 엄격하게 금지된 것이다.

약속 장소에 도착했다.

구불거리는 기둥 앞에서…… 에미는 평소와 전혀 다르지

않은 표정으로 서 있었다.

나를 본 그녀에게 조금 어색하게 손을 들었다.

"오."

"오."

장난치듯 그대로 대답했다.

저도 모르게 뺨에 웃음이 피었다.

"어디 갈까?"

"타카토시는 가고 싶은 곳 있어?"

"책 좀…… 보고 싶긴 해."

"응."

거기구나, 라고 호흡이 척척 맞는 기분이 들었다. 어제까지와 전혀 다르지 않은 감촉이었다.

책을 보고 나면 산조 대교 앞의 스타벅스. 평소의 코스 중 하나였다.

우리는 매번 앉는 카운터석에 나란히 앉았다. 아래층 소파석에 앉아 보기도 했지만, 왠지 이쪽이 더 편안했다.

나는 방금 산 무크지의 커버를 바라보았다. 뇌 과학 이론을 정리한 책인데, 들어 본 적도 없는 호기심을 자극하는 이론의 이름이 늘어서 있었다. 비쌌지만 기대되는 책이다.

"재밌어 보이네."

게미가 말했다.

"그렇지?"

"하지만 어려울 것 같아."

"응. 뭔가 재미있는 내용이 있으면 알려줄게."

"좋아."

그런 대화를 한 후에 커피를 마셨다.

에미도 창밖의 카모가와 강을 바라보며 두 손으로 머그잔을 들고 커피를 마셨다. 손가락이 가느다랗고 예뻤다.

……여기까지 정말로 위화감이 없었다.

그래서 이대로 파고들지 않는다는 선택지도 있었지만, 역시 묻지 않고서는 견딜 수 없었다.

"에미는 말이지."

"응?"

"나한테는 미래 시점에서 오늘로 거슬러 온 거지?"

에미는 태연하지만 조금 무게감이 실린 목소리로.

"맞아."

"그렇다면…… 마지막 날에 이별한 나와 만나고, 지금은 이렇게 현재의 나와 만나고 있는 거구나."

"뭐, 그렇지."

"그건…… 어떤 기분이야?"

"불가사의한 기분……이야."

시원스러운 질감으로 입에 담았다.

"다른 말로는 표현할 수가 없어."

"뭐…… 그렇겠지."

"응."

에미는 조용히 머그잔을 놓았다.

"그 메모장은, 내가 말한 거야?"

"그래. 5년 전…… 타카토시한테는 5년 후겠네. 스물다섯 살의 너한테 들었어."

스물다섯 살의 내가 어떻게 지내는지도 엄청 묻고 싶었지만 참기로 했다. 들으면 미래가 변해 버릴지도 모른다. 이뤄질 꿈조차 이뤄지지 않을 것 같아서 무서웠다.

이미 돌려준 그 메모장에는, 날짜와 그날 있었던 일을 몇 줄로 기록해 두었다. 아무것도 쓰지 않아 생략된 날도 있었다. 문장 끝에 ★ 등의 기호가 붙은 것도 있었지만, 그건 '옛었다' 는 말을 들었다.

"거기에 적힌 내용을 따라가는 거구나."

"응."

"어째서? 꼭 완전하게 같지 않더라도 곤란하진 않을 거라는 느낌도 드는데."

"그렇지 않아."

에미는 드물게도 딱 잘라 부정했다.

"그야 그렇게 하지 않으면 타카토시가 믿기 힘들었을 거라고 생각해. 그것을 위해서 이것저것 사전 준비를 한 거잖아."

"……그렇구나."

"우리가 더듬어 온, 더듬어 갈 소중한 역사를 지키기 위해서니까."

"그렇구나…… 그러게."

나는 그 말을 곱씹듯 고개를 숙였다.

"……엄청 불가사의해."

"응."

"5년 후의 내가 알려준 흐름을, 에미는 지금의 나한테 체험시키고 있어. 그건 어느 쪽이 먼저고 어느 쪽이 나중인지 전혀 알 수가 없잖아."

"맞아, 그렇지."

"신기하네."

"신기하지."

우리는 입을 모아 말하고는 둘이서 창밖을 보았다.

저녁의 카모가와 강가에는 오늘도 커플이 같은 간격으로 앉아 있고, 그 바깥쪽의 하천부지를 느긋하게 산책하는 사람들이 있었다.

둘 사이에 감도는 분위기도 자연스러워졌다.

만날 때까지는 불안했지만, 잘해 나갈 수 있을 거라는 기분이 들었다.

"아."

엄청나게 작은 포메라니안이 할아버지 뒤를 아장아장 쫓아오고 있었다. 벌어진 입에서 '헥헥' 소리가 들릴 것 같아서 정말로 귀여웠다.

"저건 저번에 본 포메……."

"와아, 귀엽다!"

…….

위화감으로 몸이 굳었다.

지금 건 어떻게 생각해도 처음 보는 광경에 대한 반응이었다.

나를 보고 그녀도 자신이 저지른 잘못을 깨달았다.

굳은 표정으로 아무것도 하지 못하고, 초조함과 동요만을 드러냈다. 이런 그녀를 보는 건 처음이다.

"기……기억, 기억이 사람에게 의식이 있다는 착각을 조장한다고 했던가!"

"뭐?"

"그거…… 타카토시가 가르쳐 줬잖아. 혼입네 뭐네 하는 고정된 의식은 애초에 없고, 그건 뇌의 다양한 부분이 주도권 쟁탈전을 하는 도중에 떠오르는 그림자에 가깝다는 설이……."

"……."

그런 설, 나는 모른다.

퍼뜩 놀라 발치에 놓아둔 가방을 보았다. ……오늘 산 뇌과학 무크지.

문득 시선을 드니 그녀도 가방을 보고 있었다.

아까보다 더욱 심각한 표정이었다.

산은 날씨가 정말 잘 변한다.

역에 내렸을 때는 내리던 비가 그치거나 안개비로 변하는 등, 짧은 시간 동안 다양하게 변한다.

로프웨이를 타고 다시 완만한 산길과 돌계단을 올라, 산 속 신사에 도착했다.

우리는 지금 쿠라마에 있다.

그저 메모장의 내용을 따라서.

"여기에 앉으면 절경이지 않을까?"

에미가 부지 구석에 놓인 벤치를 가리켰다.

그 건너편에는 넓게 이어진 산맥이 보였다. 그것을 바라 보기 위한 목적의 벤치이리라.

"영차."

에미가 소리를 내며 앉았다.

나는 아무 대답도 하지 않고 서서 그 모습을 보고 있었다.

에미는 그런 내 반응을 알면서도 신경 쓰는 낌새도 없이, '흐음~.' 이라고 중얼거리며 경관을 확인했다.

"그냥 그러네."

벌떡 일어섰다.

"높이가 좋지 않아. 이 벤치, 높이가 별로야."

손가락질하며 '너 그래도 되니?'라고 말했다.

"타카토시도 앉아 볼래?"

"……아니, 됐어."

"그렇구나."

에미는 신경 쓰지 않는다는 듯이 말했다.

"저기, 참배하러 가자."

"그래."

골든위크 후반이라 사람은 그럭저럭 있었다. 우리는 참배하는 줄에 서서 그다지 오래 기다리지 않고 참배를 끝마쳤다.

"뭘…… 빌었어?"

"글쎄…… 그런 건 뭐 하러 물어?"

"난 말이지…… 뭐였을 것 같아?"

"글쎄. ……슬슬 가지 않을래?"

에미는 한순간 말을 멈췄지만 아무 일도 없다는 듯이 대답했다.

"그러게."

신사에서 나와 구불구불한 산길을 내려간다.

내리막길 아래쪽에, 뾰족하게 솟은 검은 조각이 보였다.

"저게 뭐지! 대단하다! 죽순 같아!"

오늘의 에미는 불필요할 정도로 시끄럽다. 내 기분을 알아차렸겠지. 알고는 있지만 나로서는 대처할 방법도, 그럴 기력도 없었다.

"'생명, 사랑과 빛과 힘'."

에미가 오브제의 안내판을 읽고 돌아보았다.

"대단한 죽순 취급 정도면 되겠지?"

난 이미…… 한계였다.

"……에미."

"왜?"

태연하게 대답했지만 아주 약간의 시간 차가 있었다.

"꼭 그렇게 메모장대로 행동해야만 해?"

안개비가 얼굴을 덮었다. 젖은 녹색과 썩은 낙엽의 냄새.

어째서일까. 학교에서 맞은 아침처럼 안개가 떠돌고 있다.

"안 그래도 되지 않아? 필요 최소한의 일만 하면 되잖아. 15년 후에 서로를 구한다…… 정도의 일만 하면."

에미는 자욱한 빗방울에 눈을 가느다랗게 뜬 채로…….

"어째서 그런 소리를 하는 거야?"

홀로 남겨진 어린아이처럼 물었다.

나는 어금니를 악물고 내뱉었다.

"그야…… 괴롭잖아."

넘쳐흐른다.

"내가 어제 함께한 에미를 오늘의 너는 몰라. 어제뿐 아니라 이제까지 함께한 추억 전부를, 너는 몰라. 한번 그 사실을 알고 나니 점점 그게 보여서……. 내가 알아차리지 못하게 노력하는 순간까지 눈치채 버리고…… 네 말과 행동 전부가……. ……괴로워. 너와 만나고 있는데도 네가 아닌 것 같아서, 엄청나게 괴로워."

나는 숨이 차서, 물에 빠진 사람처럼 쉬고 나서 말했다.

"함께 있으면, 괴로워."

레인 코트를 입은 가족 관광객이 우리를 흘끔 보면서 스쳐 지나갔다.

그러는 동안 에미는 아무 말도 하지 않고 멍하니 서 있었다.

"……미안해."

나는 그렇게 말하고 도망치듯 등을 돌렸다.

손을 잡혔다.

돌아보니…… 에미의 필사적인 표정이 있었다.

"기다려."

언제나 그렇듯 세심하게 들어 올린 속눈썹이, 무겁게 젖어 있었다.

나는 너무 괴로워져, 억누르고 있던 마지막 선을 넘고 말았다.

"이것도 예정된 일이야?"

에미가 굳었다.

핵심을 찌른 감촉.

나는 손을 뿌리쳤다.

"……그 메모장에 있던 기호의 의미를 알았어."

에미의 표정이 고통스럽게 찡그려지고, 눈을 내리깔았다.

"이제…… 더는 못 하겠다고!"

나는 산길을 내려갔다.

에미는 더 이상 쫓아오지 않았다.

그 메모장의 문장 끝 두 군데에 별표가 붙어 있었다.

'5월 21일'과 '4월 29일'로, 특히 4월은 처음으로 메모장을 본 당일이었으니 인상에 강하게 남아 있었다.

나는 그 의미를 깨닫고 만 것이다.

4월 29일에 무슨 일이 있었는가. 그 전에는 무엇이 없었나. 사적인 메모에선 어떤 때에 기호를 쓰나. 확실하게 밝히고 싶지 않은, 만에 하나 누가 보더라도 들키지 않았으면 할 때가 아니었던가.

거기까지 생각했을 때…… 알아 버렸다.

에미와 첫 경험을 한 날이었다.

하지만 미래에서 온 에미에게는 그렇지 않다.

즉 에미는 그날, 처음부터 전부 알고 있었는데도 아무것도 모르는 척한 것이다.

딱히 나쁘다는 생각은 하지 않는다.

하지만…… 확실히 메모장에는 첫 키스를 나타내는 기호나 처음으로 손을 잡았다는 기록도 있었고, 그 일들 전부가 그런 과정 속에서 이루어졌다고 생각하면…… 참을 수 없었다.

얼굴을 마주 보며 함께하는 시간을 견딜 수 없게 되었다.

전부 연기고…… 실은 나 따위한테는 아무런 마음도 없고 그저 과거와 미래의 앞뒤 사정을 맞추기 위해 행동하는 게 아닐까 하는…… 그런 나쁜 생각에 사로잡힐 것 같았다.

"……."

오전에 접어든 심야, 나는 맨션 계단을 내려갔다. 스니커가 계단을 밟는 소리가 형광등에 스며들었다.

1층 코인 세탁기의 뚜껑을 여니 세탁이 끝나 있었다.

뒤틀린 도넛처럼 변한 의류를 위쪽 건조기에 던져 넣었다. 한밤중에 이러는 이유는 빨랫감이 모였다는 이유도 있지만, 뭔가를 정돈하고 싶다는 충동이 컸기 때문이다.

100엔 동전을 넣자 건조기가 돌기 시작했다.

나는 닳아빠진 둥근 뚜껑을 멍하니 보았다.

이대로는, 미래가 변해 버리겠지.

내가 에미와 만나지 않게 되면 그녀가 짚어 온 과거, 내가 보내온 시간이 변하게 될까.

……과연 그럴까?

이 일까지 포함해 전부 예정대로라면?

아니, 그럴 리가.

하지만.

"……."

만약 그렇다면, 에미는 이 괴로움을 극복한 나와 만나 왔다는 건가.

그 가능성을 생각한다. ……꼭 불가능한 일만은 아니다.

그야 나는 중요한 일을 도중에 내팽개치지 않으니까. 마지막까지 해내는 게 나답다고 생각한다.

……하지만 어떻게 해야 하지?

지금의 이 마음으로 어떻게 해야 그렇게 될 수 있을까. 에미와 매일 함께하자고 생각할 수 있을까.

그야 이런 건 너무나 괴로우니까.

어제의 일을 함께 얘기할 수 없다.

두 사람의 시간이 점점 어긋난다.

그것은 에미도 마찬가지…… 그렇다, 에미도 마찬가지일 텐테도.

나는 휴대전화를 열어 에미의 사진을 보았다.

사귀기 시작하고 처음 만나 찍은 사진.

내가 과제로 그린 풍경의 돌다리에서, 에미가 밝게 미소 짓고 있다.

에미는 언제나 웃고 있었다. 이렇게 괴로운 마음을 안고서도. 내가 깨닫지 못하도록 쭉 웃고 있었다.

……아니.

아니.

아니다…….

무거운 것이 소리 없이 떨어지듯, 내가 저지른 잘못을 깨달았다.

'나, 엄청 잘 울어.'

그랬다.

에미는 언제나 울고 있었잖아.

정말 사소한 일이나 신기한 타이밍에 울었잖아.

아, 맞아…… 그건 어떤 때였더라.

처음 손을 잡았을 때.

처음 요리를 만들어 주었을 때.

처음 서로가 다른 호칭을 썼을 때.

하지만 나에게는 처음인 일…… 에미에게는 '마지막'이고.

두 번 다시 돌아오지 않을, 지나간 일이고…….

'너무 기뻐서…… 우는 거지?'

'응.'

──나는 전혀 알지 못했다.

'또 만들어 줘. 나도 뭔가 만들 테니까.'

'응.'

'……왜 그래?'

'꽃가루 때문에.'

'울 만한 요소는 아무것도 없지 않았어?'

──마지막이라 그랬던 거구나.

'……. 에미 짱.'

'응.'

'……타카토시 군.'

'응. 우와, 이거 장난 아닌데?'

'그러게.'

'그렇지? ……어?'

'아아, 미안, 미안. 어쩐지 뭔가가 북받쳐 올라서…….'

……얼마나 가슴이 아팠을까.

'…….''

눈에 들어오는 에미의 사진이 부옇게 흐려졌다. 콧속이
시큰거렸다.

또 만날 수 있어?

또 만날 수 있어.

나는…… 답을 발견했다.

나뿐만이 아니다. 우리 둘이서 함께하는 답을.

도저히 가만히 있을 수 없어서, 계단을 뛰어 올라갔다.

어째서 이런 간단한 걸 알지 못했을까.

다른 세계라든가, 과거라든가 미래라든가, 그런 데에 현혹되어 가장 소중한 것을 잊고 있었다.

문을 열고 방에 뛰어 들어갔다.

이 답을 지금 당장 전하고 싶었다.

휴대전화를 열자 시각은 오전 1시 18분이었다. '조정'이 일어나 쿠라마에서 헤어지기 전날의 에미가 되었다.

하지만…… 그렇기 때문에.

전화를 걸었다. 벨소리. 두 번…… 세 번…….

별생각 없이 보낸 시선 끝에 베개가 있었다.

거기에 얼굴을 묻고 울던 그날의 그녀를 떠올렸다.

받았다.

『……여보세요.』

에미의 목소리는 담담했다. 자지는 않았던 것 같다.

"에미."

『응?』

"전화 오는 거, 알고 있었어?"

『……』

"미안해, 괜찮아."

그래도 상관없다.

"난 내일…… 네 기준에서 내일인 날에, 너한테 심한 태도를 취하게 될 거야."

『……』

"우리의 지금 상황을 참지 못한 탓이야. 하지만…… 극복했으니까. 지금의 난 확실히 극복했으니까."

『……응.』

그 울림의 깊이를 제대로 설명할 수 없었다. 기쁨, 안도감, 쓸쓸함. 그런 것들이 섞여 있었다.

"괴로운걸."

『그러게.』

우리 둘 각자의 처지를, 가볍게 어깨를 으쓱하듯 말했다.

"그래도, 그래도 난…… 너를 좋아하니까."

간순한 일이었다.

이렇게 괴로워진 것도. 그것을 받아들이고 극복하겠다고 각오할 수 있었던 것도.

너를, 이렇게나, 좋아하기 때문이야.

『타카토시.』

"응?"

『나도 그래.』

에미의 목소리는 아까보다도 가깝고, 뜨거웠다.

『나도, 너를 좋아해.』

∿ 4 ∿

"정말로 와도 돼?"

첫차를 타고 온 에미가 들어오자마자 조심스럽게 물었다.

"잠 안 잤지? 미안, 금방 돌아갈게."

에미는 언제나 그렇듯 완벽했다. '아침에 온다면 대략 이 정도로 가벼운 차림'이라는 균형감각.

그에 반해 나는 실내복 그대로였다.

창밖은 푸른 어둠이 걷히고 서서히 밝아지고 있었다.

나는 맞은편에 앉은 에미에게 그저 한마디, 이렇게 말했다.

"만나고 싶었어."

에미의 눈빛이 조금 촉촉해졌다.

"……나도."

나를 똑바로 바라보며, 작게 말했다.

"그런 말을 들으면, 도저히 안 만날 수가 없어."

응석 부리듯 중얼거렸다.

"에미."

나는 그녀를 부르고 천천히 거리를 좁혔다. 이제부터 포옹하리라는 걸 아는 에미는, 받아들이겠다는 포근한 몸짓으로 눈을 감았다.

껴안았다.

손바닥에 얇고 부드러운 등의 감촉이. 목덜미에 드리워진 머리카락의 향기로움.

나는 그 머리카락을 떠내듯 머리를 쓰다듬었다.

잠시 그러고 있었다. 참새의 지저귐을 들으며 달콤하고 아름다운 시간이 흘렀다.

"좋아, 머리를 쓰다듬어 주는 거."

그 중얼거림을 신호로 나는 몸을 떼었다.

그리고 이번에는 손을 뻗어 옆머리를 쓰다듬었다.

살짝 위로 솟은 귀를 만지자, 그녀는 창피함과 망설임이 섞인 미소를 띠었다.

"왜 그래?"

"에미는 계속…… 노력해 주고 있었구나."

그녀의 눈에 눈물이 맺히더니, 한 번 깜빡였다.

"나와 만난 너는…… 이제부터 존재할 너는, 가끔 울 때가 있거든."

머리를 쓰다듬으며 나는 말을 이었다.

"처음으로 손을 잡았을 때 울었어. 너한테는 마지막이었으니까. 그날을 경계로, 잡을 수 없는 관계가 되니까. ……내가 사귀어 달라고 말했을 때 눈이 촉촉해진 것도 그래. 사귀기 전으로 되돌아가니까. ……호칭도, 타카토시, 타카토시 군,

미나미야마 군이 되어 가고…… 나도 너를 에미가 아니라 남처럼 후쿠주 씨라고 부르고…… 점점 되감겨 가서…… 마지므에는 모르는 사람처럼 행동해야만 하고…….”

에미의 뺨을 손바닥으로 감쌌다. 눈물을 머금은 것처럼 뜨거워서 더 누르면 눈물이 흘러넘칠 것 같았다.

“그건…… 엄청 괴로운 일이겠지.”

나를 바라보는 눈빛이 검게 젖어 바다처럼 흔들리고, 수면에 반사되는 달과 같은 빛이 있었다.

“노력하고 있었구나.”

흘러내렸다.

투명한 물방울이 뺨을 타고 뚝뚝 흘러내려, 코를 훌쩍이며 울었다.

“미안해.”

눈물로 손가락을 적시며 나는 사과했다.

“에미가 내일부터 만나는 나는, 너한테 심한 말을 하게 될 거야. 미안해. 몰라 줘서. 괴롭게 해서 미안해.”

에미가 살며시 고개를 가로저었다.

눈을 감고 어깨를 위아래로 움직였다. 손가락으로 눈물을 닦으며,

‘……처음 듣는 얘기야.”

서투르게 웃었다.

그건 분명 내가 이런 말을 한다고 사전에 알려주지 않았

기 때문이리라.

창밖의 도로에서 근처 아주머니들끼리 인사하는 소리가 들렸다.

방 안도 밝아져 완전히 아침이 되었다.

"타카토시."

"응?"

"고마워."

아침 햇살이 투명하게 반사되는 시선에, 내가 비친다.

"잊지 않을게."

자연스러운, 하지만 신성한 맹세로 들렸다.

우리는 키스하고, 포옹했다.

"이제부터 점점 괴로워지겠네."

에미가 내 가슴 속에서 농담하듯 말하며 쓴웃음을 지었다.

······앞으로의 네 모습을, 나는 알고 있어.

"하지만 힘내야지."

······노력하는 너를 만나 왔어.

지금 떠올리니, 정말 사랑스러웠어.

"······난 말이지."

네가 속삭였다.

"네가 좋아서. 너와 보내온 시간이····· 어린 시절부터의 날들이 정말로 멋지고 소중해서····· 그래서 노력할 수 있는 거야."

머리를 쓰다듬는 나에게, 오늘 아침에 꾼 꿈처럼 말했다.

"미래의 너는 엄청나게 멋있어서, 처음으로 함께 차를 마시던 열 살의 나는 내내 두근거렸어. 그래서 내가 이제부터 그렇게 행동하는 건. 괴로워도 그렇게 하려는 건······."

에미는 가만히 몸을 떼고 내 얼굴을 바라보았다. 거기서 무언가를 발견한 듯이 눈가에 기쁨이 피어올랐다.

"지금의 너와 만나고 싶어서야."

나는 에미의 두 손을 가만히 감싸, 쥐었다.

전하고 싶었다.

······너는 훌륭하게 해냈어.

지나간 날들의 네가 떠올라. 산조에서 처음 데이트한 날으 너. 전철에서 첫눈에 반해 타카라가이케에서 불러 세운 날의 너.

다시 한 번 만나고 싶었어. 그날의 너와 지금, 만나고 싶어서······ 눈시울이 뜨거워져.

감싸고 있는 네 손등의 감촉.

이어져 있다는 기분이 들었다. 둘이서 하나로, 원이 되어 이어져 있다는 기분이 들었다. 스쳐 지나가는 순간들을 소중하게 묶어 놓으려는 것처럼.

우리는 서로를 바라보았다.

눈가에 눈물의 흔적이 남은 아름다운 사람이 거기에 있었다

"에미."

나는 너를 존경해.

진심으로 사랑해.

종장

∾ 1 ∾

우에야마가 내 방에 놀러 왔다.

"뭐 이리 낮아."

"네가 너무 큰 거야."

키가 190을 넘는 우에야마가 몸을 웅크리며 방에 들어왔다.

"안녕하세요. 처음 뵙겠습니다."

앉아 있던 에미가 방긋 웃으며 인사했다.

"후쿠주 에미예요."

"우에야마 쇼이치예요."

"소꿉친구라면서요?"

"예, 유치원 들어가기 전부터죠."

"대단해요."

그러고 나서 에미가 준비해 준 차를 마셨다.

"우에야마 씨가 이런저런 조언을 해 준 거죠?"

"그래요. 아, 뭐라고 할까…… 얘 겁쟁이잖아요?"

우에야마가 평소의 기세로 나를 놀리기 시작했다.

"'어떻게 하면 되지? 어떻게 하면 되지?'라면서 치와와처럼 덜덜 떨기나 하고 말이죠."

"그랬나요?"

에미는 흥미진진해 했다. 나는 영 쑥스러웠다.

'첫 데이트 약속을 할 때도, 전화기 든 손이 덜덜 떨리더라고요."

'예! 우에야마 씨가 있었나요?!"

"제 방이었어요. 제가 전화하라고 했죠. 그랬더니 대박인 게 이놈이 할 말을 메모하기 시작하더니……."

"그, 그쯤 하면 됐잖아! 그런 얘긴!"

"어~ 듣고 싶은데."

에미는 우에야마를 보고 있었지만, 주의는 완전히 나에게 향해 있어서 이마에 땀이 배어 나왔다.

그리고 그때 내가 헤매던 거나 OK를 받았을 때 날뛴 게 적나라하게 묘사되어, 나에게는 창피한 전개가 되었다.

"'아자!' 라고 소리칠 때 침이 엄청 튀었죠."

"안 튀었어, 그런 멍청한 낯짝도 안 했어."

"아하하."

에미는 엄청 좋아했다.

얘기하다 보니 저녁이 되어, 에미가 부엌에서 저녁 준비를 해 주고 있었다.

"엄청 귀여운 아이네."

우에야마가 나에게만 들리도록 속삭였다.

"뭐, 그렇지."

“사진으로 봤을 때는 너무 미인이라 앞으로 괜찮을지 좀 불안했는데.”

“그런 생각을 하고 있었냐?”

“하지만 느낌이 좋다.”

“……”

“어쩐지 둘이 잘 어울려, 너희.”

“……그렇지?”

뭐든 느끼는 대로 말하는 녀석이다 보니 이런 말은 순수하게 기뻤다.

“네 덕이야, 고맙다.”

그러자 우에야마가 조금 분위기를 고쳐서 나를 보더니,

“아까부터 생각했는데, 너 분위기가 조금 변했구나.”

그런 소리를 했다.

저녁 식사를 마치고, 다시 잡담에 몰두하다 보니 금세 시간이 흘러 우에야마를 역까지 바래다주었다.

“그럼 조심해서 가라.”

“그래.”

우에야마는 그렇게 대답하더니 에미를 보고,

“잘 먹었어요. 맛있었어요.”

“저도 정말 즐거웠어요.”

에미도 즐거웠던 방에서의 분위기 그대로 웃었다.

“부디 또……”

그렇게 말하려던 에미가 깜짝 놀라 말을 멈추고 적당히 얼버무렸다.

"또 봐요. 밥 만들어 주세요."

우에야마는 크게 신경 쓰지 않고 말하더니, 커다란 손을 에기에게 내밀었다.

"미나미야마를 잘 부탁해요."

그 손에서 우에야마의 얼굴로 옮겨진 에미의 시선이 한순간 애처롭게 떨렸지만, 금세 밝은 표정으로 돌아와 그 손을 잡았다.

"예."

악수하는 광경을 보는 나는 가슴을 저미는 것 같았다.

"괜찮은 녀석이지?"

"응."

괜션까지 이어진 밤길을 걷고 있었다. 아직 10시도 되지 않았지만 밖은 완전히 조용해졌다.

"남자끼리라는 느낌이 부러워."

"뭐?"

"뜨거운 우정! 이라고 할까?"

"그게 뭐야."

"아무튼 어쩐지 동경하게 되네."

잘 모르겠다.

"타카토시."

"응?"

에미는 별거 아니라는 말투로…….

"지금의 타카토시와는, 오늘로 이별이려나?"

그 말의 의미를, 나는 이해할 수 있었다.

다른 누구도 아닌 어제의 그녀에게 들은 말이니까. '지금의 너'와 만나고 싶다고.

"그렇게 되……겠지."

"그렇구나."

우에야마에게도 그런 말을 들었다.

"지금의 나랑 그전의 나는 그렇게 다를까?"

"나는 아직 만나지 않았으니 모르지만, 분명 그럴 거야. 뭐라고 할까, 침착한 어른이라는 느낌인걸."

"각오를…… 하긴 했지."

"각오?"

"여러 일이 있었지만 전부 받아들였다고 할까, 정면으로 맞서기로 했어. 이제부터는…… 너와 헤어지는 날까지의 하루하루를 소중하게 보내자고 말이야."

"과연."

에미가 위를 올려다보았다.

"나도 각오가 필요하겠네."

밤하늘을 바라보았다.

"지금의 너와는 오늘로 이별이고. 내일부터 조금씩……

이런 관계가 아니게 되는구나 싶어서.”

그대로 투명해져 버릴 것처럼 허무한 옆모습. 나는 마치 그것을 묶어 놓으려는 듯 밤의 공기 속에 말을 내놓았다.

‘그럼 나도, 에미도 이제부터네.”

‘응.”

‘동지야.”

‘그러게.”

‘힘내자.”

나는 주먹을 내밀었다. 에미가 눈빛으로 질문했다.

‘주먹, 쿵 하고 부딪치자.”

‘오. 남자의 우정 같아.”

‘좋지?”

‘좋아.”

외등이 흐릿하게 밝혀주는 밤길에서, 우리는 주먹을 쿵 맞대었다. 수줍게 웃으면서.

‘에미.”

‘응?”

‘사랑해.”

‘응.”

천천히 떼었다.

‘별.”

수줍음을 감추듯, 에미가 들뜬 목소리로 하늘을 가리켰다.

"무슨 별자리일까?"

"천체는 잘 모르겠네."

아무튼 밝은 별을 바라보고 있자,

"…… '우리는 스쳐 지나가지 않아.'"

옆에서 에미가 그런 말을 했다.

"'끝과 끝을 이은 원이 되어, 하나로 이어져 있는 거야.'"

돌아보았다.

"마지막 날…… 23일에 네가 나한테 해 준 말이야."

그런 기분은 들었다.

그야 내 마음의 지층 바로 밑까지 올라온 것이 파내어진, 그런 감각이 들었으니까.

"그날 밤에, 앞으로의 일을 생각하며 불안해하는 나한테 말해 줬으면 해."

파내어진 말은, 밤에 피어오르는 미소와 함께 똑똑히 새겨졌다.

"약속할게."

❦ 2 ❦

그리고 나는 에미와 함께할 수 있는 남은 날들을 소중히 보내고 있었다.

학교는 최소한의 수업만 나가고 그 외에는 함께 다양한 곳에 갔다.

킨카쿠지(금각사)에 갔다. 키요미즈데라에 갔다. 무리해서 비싼 덴푸라 가게에서 점심을 먹기도 했다. 대학교 학식에서도 먹었다.

대체로 메모장에 기록된 대로 행동했지만, 오히려 그것을 소재 삼아 즐겼다.

"좋은 아침입니다, 타카토시 군. 오늘의 예정을 발표하겠습니다. ……저랑 긴카쿠지(은각사)에 갑니다."

'알겠사옵니다."

평온한 기분으로, 웃기도 하고, 맛있다고 말하기도 하고, 하지만 사소한 모든 순간을 아끼며, 에미가 있는 아름다운 풍경을 머릿속에 새겨 두었다.

∽ 5월 15일 ∽

비가 오는 날에는 내 방에서 함께 지냈다.

"정말, 이상한 기분이야."

"응~?"

에미가 테이블에서 원고를 읽으며 대답했다.

"난 벌써 감상을 들었는데, 넌 지금 그 원고를 읽고 있다니."

에미는 가볍게 쓴웃음을 지었다.

나는 딱히 할 일이 없어서, 이불 위에서 뒹굴며 에미를 보고 있었다. 그 원고의 두께를 보니 공원 장면이 시작되는 즈음일까.

"내가 감상은 편지로 썼다고 했지?"

"맞아."

그때 문득 생각했다.

지금 그 편지는 존재하고 있을까?

편지를 넣어 놓은 골판지 상자를 바라보았다. 일어섰다.

"왜 그래?"

"받은 편지가 있나 싶어서."

그러자 에미도 얌전한 표정으로 원고 위에 손을 얹었다.

나는 상자 앞에 웅크리고 앉아, 꿀꺽 숨을 삼키고 열었다.
안을 엿보니…….

"……있어."

기억대로, 예전에 그린 만화와 함께 물빛 봉투가 놓여 있
었다.

에미가 뒤에 다가와 내 어깨 너머로 그것을 엿보았다.

"그거야?"

"응."

"내가 쓴 거?"

"맞아."

"……신기하네."

"저기."

나는 가만히 손을 뻗어 봉투를 꺼냈다. 평범한 감촉이었다.

'에미, 받아 볼래?'

'무서워. 무슨 일이 일어나면 어떡해.'

확실히 무슨 일이 일어나더라도 이상하지 않다.

'어쩔래? 안의 문장만 볼래? ……바꾸고 싶지 않지?'

그러자 에미는 조금 고민한 후에,

"그럼 작품을 읽고 감상을 쓴 후에 맞춰 보자."

"어째서?"

"똑같이 베껴 쓰는 건 싫어. 느낀 대로 솔직하게 쓰고 싶
은 법이잖아."

자신과의 싸움이다. 농담처럼 말하더니 에미는 테이블에 앉아 다시 원고를 들었다.

나는 그런 그녀를 조금 눈부시게 바라보고, 봉투를 원래 위치에 놓았다.

그 옆에 상자가 있었다. 사진이 든 문고본 크기의 구릿빛 상자.

"……."

열어 보았다.

안에는 확실히 사진이 들어 있었다. 타카라가이케를 배경으로 나와 에미가 나란히 선 사진.

8일 후로 다가온 우리의 마지막 날의 모습.

의식하지 않았던 빗소리가 갑자기 귀에 들어왔다. 그대로 잠겨 버릴 것 같다는 착각이 들어 나는 상자를 넣었다.

커피라도 끓여야겠다고 생각하고 일어섰다.

부엌에서 인스턴트커피 병을 든 순간, 시선을 느꼈다.

에미가 이쪽을 보고 '나도…….' 라며 어리광 빔을 날리고 있었다. 그 절실한 표정이 어찌나 달콤한지, 멀리 있는데도 옷소매를 잡혔다고 착각할 정도였다.

"알았다, 알았어."

에미의 얼굴에 활짝 웃음꽃이 피었다.

"블랙?"

"음~, 지금은 달콤한 카페오레를 마시고 싶은 기분이네."

"오케이."

나는 냄비에 물을 부었다. 포트가 없으니 물은 이렇게 끓인다.

완성된 카페오레를 에미 앞에 놓았다.

"고마워."

에미는 카페오레를 후후 불면서 한 모금 마시고는 "음~. 좋은데."라며 기분 좋게 중얼거렸다.

"이런 거 동경했어."

"이런 거?"

"나한테 차를 끓여 주거나 챙겨주는 거. ……앗, 수건으로 머리의 물기를 벅벅 닦아 주는 것도 좋네. 다음에 해 줘."

"기회가 있다면."

"뭐야~."

흥~, 이라는 분위기로 토라졌다. 귀엽다.

나는 내 머그잔을 테이블에 놓았다. 그리고 에미의 가냘 픈 등을 가만히 뒤에서 껴안았다.

에미는 아무 말도 없이 평소처럼 나를 받아들였다. 잘 전해지는 따뜻함과 부드러움. 잘 손질된 머리카락과 피부의 향기. 에미가 확실히 여기에 있다는 감촉.

어깨에 얼굴을 묻고, 가만히, 쏟아지는 빗소리를 들었다.

에미가 내 머리를 쓰다듬었다.

"착하지, 착하지."

그것을 계기로 몸을 떼었다.

"저기, 아무 곡이나 쳐 줘."

"그래."

나는 키보드 앞에 앉았다. 받침대도, 의자도 없어 잡지를 쌓아 그 위에 얹은 키보드 앞에 앉았다. 스위치를 켜고, 싸구려 페달을 무릎으로 밟고서 소리를 냈다.

이 날씨라면 그 곡밖에 없겠지.

"······무슨 곡이야? 좋다."

"쇼팽의 '빗방울'이라는 곡이야."

"와아."

에미는 옆 세계의 인간이라 이쪽의 유명인은 거의 모른다.

"음, 이 연속된 라 플랫이 빗소리를 표현하는 거지."

"과연. 좋네, 정경이 떠오르는 그림 같은 곡이야."

"그렇지?"

내가 다시 치려 하자, 에미가 원고를 바라보며 말했다.

"저기, 타카토시. 이것만은 지금 말해 둘게."

"뭔데?"

"이거, 재미있어."

"고마워."

둘이서 지내는 좁은 방에서, 내 서투른 쇼팽이 천천히······ 천천히 흐른다.

⟳ 5월 22일 ⟲

만날 때마다 에미가 울 것 같은 얼굴을 했다.

"왜 그래?"

에미는 '아니야.'라고 고개를 가로저었다.

칸바바시에서 요도야바시행 특급을 타고 의자에 앉았다. 평일 출근 시간대도 지나서 차량 내부는 텅 비어 있었다.

옆에 앉은 에미의 눈빛을 느꼈다. 최대한 크게 떠서 나를 가득 담아 두려는 눈빛.

문득 기시감에 사로잡혔다. 전에도 이런 시선을 받은 적이 있었다. 언제였더라.

"히라카타는 어떤 곳이야?"

에미가 이제부터 가는 내 본가에 관해 물었다.

"히라카타 파크라는 유원지가 유명해. '히라파'라는 별명으로 요즘 인터넷 뉴스에도 가끔 나와."

"오오."

"그리고 츠타야의 발상지야."

"츠타야라면 그 비디오 대여점?"

"응. 역 앞에 1호점이 있어."

"제법인걸, 히라카타."

"뭐, 평범한 주택가지만."

대화가 일단락되고 나는 창밖을 바라보았다. 야와타 시로 뻗은 철교는 독립하기 전에는 매일같이 봤건만, 조금 그리웠다.

그리고 문득 기시감의 답을 깨달았다.

에미에게 말을 건 날, 벚나무에 녹색이 드문드문 섞인 타카라가이케를 걷던 때, 그녀는 이렇게 필사적인 눈빛이었다.

나는 돌아보았다. 에미는 피하지 않고 나를 계속해서 똑바로 바라보았다.

그건 분명 에미가 어제 이별한 나를 만났으니까. 그래서 그런 소중한 눈빛으로 바라보는 거겠지.

남은 시간은 이틀.

내일은 헤어지는 날…….

초조함은 있지만, 아직 내 감각은 따라가지 못하고 있었다.

오늘 날씨처럼 평화롭게, 묵묵히 시간이 흘러갔다.

역에서 탄 버스에서 내려, 부모님이 경영하는 자전거 가게로 가기 위해 골목길에 들어섰다.

이 근처는 나도 꽤 오랜만에 걷는다.

"초등학생 때 축구했다는 얘기는 했지?"

"응."

'그거하고 귀가할 때 언제나 지나다니던 길이야.'

아하, 하고 에미는 흥미롭다는 듯이 주위를 둘러보았다.

'여기에 서점이 있었어. 처음으로 소년 점프를 샀지.'

"응."

"여기에서 처음 통장을 만들었어."

"응."

걸으면서 하나씩 손가락으로 가리켰다.

"타카토시가 태어난 고향이구나."

"……그러게."

그 말을 들으니 정말로 그랬구나, 하고 느껴졌다.

십자로에 들어서서 오른쪽으로 꺾으니, 타코야키 가게가 영덕하고 있었다.

……여기, 아직도 하고 있었구나.

'왠지 좋다.'

에미가 반응했다.

"깔끔하게 단장된 노점이 아니라 지역 밀착형이라고 할까, 분위기가 엄청 좋아."

"예전부터 하던 곳이야."

말하다가—— 떠올렸다.

10년 전, 축구 교실에서 귀가하다가 여기서 에미와 타코야키를 먹었다.

하지만 에미에게는 미래의 일이기에, 그녀는 오늘이 처음이다.

"와앗. 30개에 이 가격이야?!"

투명한 유리 카운터에 붙은 저렴한 가격표를 보고 놀랐다.

"타코야키란 원래 이런 거야."

나는 가르쳐주었다.

"가격은 싸고, 너무 고급스럽게 만든 것도 아니고, 불량식품 가게에서 하나에 10엔에 팔 듯한, 그런 말랑말랑하면서도 맛있는 거야."

"헤에, 그렇구나."

에미는 아무렇지 않게 그 말을 들었다.

타코야키를 사기로 했다.

가게에 있는 아주머니도 흰머리가 조금 더 난 정도라 기억과 다르지 않아 보였다.

"실례합니다, 30개 주세요."

"그렇게 많이 사도 돼?"

에미가 물었다.

"에미도 10개 정도는 먹잖아?"

"아마도."

"그럼 문제없어. 어린 시절부터 하고 싶었거든. 여기서 이 '30개'를 사는 거."

"아~, 그 감각은 나도 이해해."

팩을 둘로 나눠 달라고 부탁해, 노점 옆 공간에서 나란히 먹었다.

므스그린 종이로 포장된 흰 스티롤 팩. 이쑤시개로 서로 달라붙은 타코야키를 떼어내 먹었다. 그립다. 아무것도 바뀌지 않았다.

'맛있어.'

'응.'

'어쩐지 지방의 맛이라는 느낌이야.'

데미가 활짝 웃으면서, 후후 불어 타코야키를 먹었다.

'아, 뜨거워. 앗뜨뜨.'

크미컬한 동작으로 발을 동동 굴렀다.

그 모습이 그날의 그녀와 똑같아서…… 나는 확실히 이해했다.

그 사람은 확실히 너였다고.

즙은 길을 빠져나가자 차도가 있고, 그 건너편에 덩그러니 자전거 가게가 있었다.

"저기야."

내가 가리켰다.

"아, 미나미야마 사이클이라고 쓰여 있네."

으늘 이때쯤에 그녀를 데리고 온다는 얘기는 미리 해 두었다.

차도를 건너 개방된 가게의 입구에 들어서자 어머니가 이쪽을 돌아보았다.

나는 망설였다. 여기는 가게고 집이 아니니 '나 왔어.'라고 할 수도 없고, 그렇다고 부모님 상대로 쾌활한 인사말이 나오지도 않았다.

"처음 뵙겠습니다."

에미다운 적극적인 배려로 어머니에게 돌파구를 열었다.

"어서 와요."

어머니도 사교적인 웃음으로 응대했다.

안으로 들어갔다. 작업용으로 깔아 놓은 낡은 융단에서 기름 냄새가 났다.

예전부터 쓰는 오프화이트 컬러의 카운터 테이블에 앉았다.

"이거, 약소합니다만……."

에미가 선물로 과자를 내밀었다.

"어머나, 고마워요."

나는 거꾸로 고정되어 수리 중인 자전거를 보며,

"……아빠는?"

"담배 사러 가셨다."

"그렇구나."

어머니가 차를 내오고, 에미가 가지고 온 과자를 곁들였다.

테이블 너머로 마주 보고 있자니 이상한 정적이 생겨났다.

일단 먼저 소개해야겠다고 생각했을 때…… 아버지가 돌아왔다. 평소의 7대3 가르마에 회색 작업복을 입고 있었다.

"처음 뵙겠습니다."

에미가 자리에서 일어나 고개를 숙였다.

"아아, 안녕하세요."

아버지도 예의를 갖춰 웃으며 대답했다.

맞은편에 아버지와 어머니가 앉았다.

내 옆에는 처음 생긴 연인이 있다.

부끄럽다. 빨리 끝내고 돌아가고 싶다. 보통은…… 그렇게 느꼈을지도 모른다. 애초에 이런 짓을 하려는 생각조차 안 했겠지.

하지만 에미와 이별할 날이 얼마 남지 않았다고 생각했을 때.

처음이자 마지막이라고 생각했을 때.

"이쪽은 후쿠주 에미."

나는 메모장을 확인할 것도 없이…….

"내 여자 친구야."

부모님에게 에미를 소개해 주고 싶다고 생각했다.

"아버지랑 어머니셔."

에미에게 내 가족을 보여주고 싶다고 생각했다.

"아아, 정말 예쁜 아이라서 깜짝 놀랐지 뭐니."

어머니가 분위기를 띄우려는 듯이 말하자, 에미가 "그 정도는 아니에요⋯⋯."라며 어쩔 줄 몰라 했다.

그러고 나서 어떻게 사귀게 되었는지에 관해 묻기에, 역에서 말을 걸었다고 하자 두 분 다 정말 의외라는 반응을 보였다. 첫눈에 반했다고 말하는 나를 에미가 옆에서 바라보고 있었다.

"좋은 일이야."

어머니가 말하더니 옆의 아버지에게 '그렇지?' 라고 말했다.

아버지는, 뭐라고 할까⋯⋯ 아들의 성장을 감개무량하게 바라보는 눈빛이었다. 역시 어색하긴 했다.

"여보, 타카토시한테 뭐 할 말 없어?"

어머니의 말을 계기로 아버지와 정면에서 눈이 마주쳤다.

그러자 예의상 짓던 웃음이 집에서 보던 무뚝뚝한 표정으로 변했다.

나도 그렇게 변했겠지.

"⋯⋯돈은 안 모자라냐?"

"⋯⋯그럭저럭. 알바 하고 있으니까."

"돈 떨어지면 말해라."

"⋯⋯응."

다른 건 몰라도 경제적으로 힘들게 만들지는 않겠다. 아버지는 무슨 일이 있을 때마다 그렇게 말했다.

"너 조금 말랐구나?"

어머니가 끼어들었다.

"그런가?"

"그래. 후쿠주 양, 타카토시를 잘 부탁해요."

잘 부탁해요. 미래를 뜻하는 그 말에 에미는 나만 알 수 있는 찰나의 동요를 드러낸 후에 "예."라고 말하며 미소를 지었다.

"넌 이렇게 좋은 아이 두 번 다시 못 만날 테니까, 놓치면 안 돼."

어머니의 농담 같은 말에 나는 에미만 알 수 있는 동요를 억누르고…….

"나도 그렇게 생각해."라며 쓴웃음을 지었다.

얼마 지나지 않아 돌아갈 때가 되었다.

아버지가 화장실에 가자 어머니가 이런 사실을 밝혔다.

"아빠가 말이지, 네가 올 때까지 '타카토시는 언제 온대? 언제?'라며 계속 안절부절못하더니 이 근처를 청소하지 뭐냐. 담배를 사러 간 것도 그렇고."

"……."

"다음에는 집으로 오렴. 둘이서 함께."

나는 복잡한 감정으로 가슴이 먹먹해, 이도 저도 아닌 표정을 지을 수밖에 없었다.

아무도 없는 버스정류장 벤치에 앉아, 우리는 조용히 손을 잡고 있었다.

오늘은 걷기만 해도 기분이 좋은 날씨라, 내 마음도 지금은 평온한 상태였다.

"어째서 탄바바시였는지 이제야 알 것 같아."

내 중얼거림에, 에미가 고개를 들어 나를 보았다.

"독립할 때 말이야, 어째서 학교 근처가 아니라 가운데 정도의 어중간한 장소로 정했는지."

"어째서인데?"

"……집이랑 너무 멀어지는 게 무서웠는지도 몰라."

그렇다.

"난 내 생각보다 가족이랑 강하게 이어져 있을지도 모르겠어."

에미가 조금 강하게 손을 쥐었다. 엄지로 내 손등을 자상하게 쓰다듬었다.

돌아보니 눈이 마주쳤다.

눈물이 흘러넘쳤다.

평온한 기분이었을 텐데, 에미의 상냥함이나 따뜻함, 나를 바라보는 아름답고 총명한 눈동자를 느꼈을 때 마음속에서 진실이 치밀어 올랐다.

"……어째서 너와는 가족이 될 수 없는 걸까……."

슬픔이. 절망이. 흘러넘쳐 물방울이 되어 떨어졌다. 에미와 가족이 되어 쭉 함께 살아간다. 그런 미래가, 어째서 우리에게는 없는 걸까.

우는 나를 보는 에미의 눈빛도 뜨겁게 젖었다.

"……미안해."

"어째서 사과하는 거야……."

"……응…… 하지만…… 미안."

"나도…… 이럴 생각은 아니었……는데……."

평화로운 오후의 버스정류장에서, 우리는 손을 잡고 그저 울었다.

시각표보다 1분 늦게 버스가 왔다.

오늘이 끝나간다.

이제 마지막 날이 온다.

∽ 5월 23일 ∽

탄바바시에 요도야바시행 첫차가 도착했다.

텅 빈 개찰구에서 기다리다 보니 곧 계단을 올라오는 에미가 보였다.

아무도 없는 역사 내에서 눈이 마주쳤다.

나는 평소대로 행동하자고, 이제까지 수없이 해 왔듯 가볍게 웃으며 손을 들었다.

그러면 에미는 평소의 익숙한 웃음으로 답하……지 않았다.

거기에 드러난 표정은, 정말 오랜만에 만나는 상대를 보았을 때의 거리낌이 섞인 수줍은 미소였다.

"……그렇구나."

나는 쇼크를 숨기려고 일부러 가볍게 말했다.

"에미한테는 이게 '처음'이지."

"응……."

에미의 말투에서 아직 거리감을 제대로 재지 못한다는 것을 알 수 있었다. 나를 보는 표정과 분위기가 서먹서먹해서, 기분 탓인지 천진난만하게 느껴졌다.

"역시 숨길 수 없군요."

면목 없다는 듯이 말하는 애교 섞인 동작이 너무나 에미다워서, 그게 어쩐지 괴로웠다.

"괜찮아. 어제 마음껏 슬퍼하면서, 마음의 준비는 했으니까."

스스로도 강한 척일 뿐이라고 생각했다.

"오늘은 운전 연습 같은 거라고 들었는데?"

"내일의…… 어제의 저한테, 들었군요."

"맞아."

"예. 그러니 일단 그…… 방으로."

"알았어. 가자."

나는 발걸음을 돌려, 평소대로 손을 잡으려 팔을 뻗었다. 한 타이밍 늦게 퍼뜩 놀랐다.

에미는 내 손을 바라보며 살짝 굳어 있었다.

"아, 미안."

거두려 한 순간에 손을 잡았다.

"연습이에요."

중얼거리는 뺨이, 확실히 알 수 있을 정도로 붉어져 간다.

나는 어느새 내가 연장자의 시선을 갖게 되었음을 깨달았다. 에미가 아직 같은 나이라는 상황에 익숙하지 않아 연하의 태도로 나를 대하기 때문이었다.

같은 시간을 보낸 40일 중 마지막 날에, 나와 에미의 역전된 입장이 엿보였다.

에미가 방 안을 꼼꼼하게 둘러보고 있었다. 좁은 공간을 한 바퀴 걷더니,

"차 끓여도 되나요?"

"응."

인스턴트커피나 설탕이나 머그잔의 위치를 확인하기 시작했다. 커피포트를 찾는 듯했다.

"포트는 없으니까 그 냄비로 물을 끓여야 해."

"아하."

신기하다는 듯이 반응하며 냄비에 물을 부었다. 하나씩 집중해서 학습하는 눈빛이었다.

"커피 가루는 어느 정도 넣죠?"

"보통."

"……이 정도?"

컵 바닥을 보여주었다.

"응. 이런 것까지 체크하는구나."

"물론이죠."

작업을 진행할 때의 신속함과 꼼꼼함. '보통'이라고 말했을 때 양을 맞추는 감각.

"꼭 에미 같네."

"같다니 무슨 소리예요~."

가스 불이 붙는 안정적인 소리가 들렸다.

에미가 냄비에 받은 물을 내려다보며 "저희는, 정말로 연

인기 되었군요."라고 중얼거렸다.

"어쩐지, 알 것 같아요."

"참고로 하나 알려줄게."

"예?"

"커피를 끓이는 횟수는 내가 압도적으로 많아. 그보다 넌 거의 끓이지 않았어."

그 말을 들었을 때의 놀란 표정은 꽤 볼 만했다.

넌 아직 모르는 거야. 자신이 연인에게 엄청나게 어리광을 피우는 성격이라, 목욕을 끝내면 머리를 털어 달라는 어린아이 같은 소리까지 하게 된다는 사실을.

에미가 테이블 위에서 신품 시스템 수첩을 펼쳤다.

'오늘까지 있었던 일을 되도록 상세하게 들려줬으면 해."

내가 아무것도 쓰여 있지 않은 수첩과 그녀를 번갈아 바라코자, 에미는 가방에서 그 메모장을 꺼내서 놓았다.

'네가 본 이건…… 가짜야."

"뭐……?"

"가짜까진 아니지만 5년 전에 너한테서 들은 대략적인 일들. 하지만 내가 이제부터 진짜로 참고하는 건, 기억이 생생한 지금의 너에게 듣고 만든 훨씬 자세한 메모야."

난 놀라면서도 이유를 묻지는 않았다.

"너와의 역사를 바꾸고 싶지 않으니까."

그런 말을 이해할 수 있었으니까.

"그러니 떠오르는 건 전부 말해 줘. 우리가 무엇을 하고, 어떤 대화를 나누고, 내가 어떤 실수나 실언을 했는지. 휴대 전화 이력도 보여줘. 시각을 적어 둘 테니까."

진지한 눈빛에 압도당하며, 나는 3시간 정도에 걸쳐 지난 40일 동안의 일을 최대한 떠올려 말했다.

용기를 내서 말을 걸고, 첫 데이트를 하고, 고백하고, 함께 여기저기에 다니고, 대학교 교실에서 비밀을 말해 주고, 그것을 극복한 사실.

손을 잡은 일. 키스한 일. 껴안은 일…….

"……고마워."

에미가 가느다란 볼펜을 놓았다.

나는 녹초가 되어, 이제야 알게 된 사실에 힘이 빠졌다.

내가 알게 된 건, 에미의 가벼운 실언이나 동요까지 전부 알고서 한 일이라는 이제는 사소한 사실과…….

어제까지의 39일간에 걸친 그녀의 헌신이었다.

그야 위화감이 없었으니까.

어제까지, 함께 있으면서도 오늘 같은 결정적인 위화감에 사로잡힌 적이 없었다.

그건 잘 생각하면 이상한 일이다.

에미가 오늘 완전하게 '연습'과 '예습'을 했기 때문에 어제까지의 나는 쓸데없는 일을 신경 쓰지 않고 남은 시간을 아쉬워할 수 있었다는 사실을 알고…… 힘이 빠졌다.

"……그럼 에미는 조금도 즐겁지 않잖아."

내 목소리는 반쯤 우는 것처럼 쉬어 있었다.

"이런 세세한 대본에 맞춰 행동하면, 에미는 하나도 즐겁지 않잖아."

기제부터 그녀가 겪을 일에 비하면, 나는 얼마나 즐거웠나. 오늘까지의 희로애락을 얼마나 순수하게 맛보았나.

그것은 전부 에미가 노력해 준 덕이었다…….

'그렇지 않아."

에미가 부드럽게 웃었다.

'함께 있기만 해도 기쁘고, 무슨 일이 생길지 알아도 즐거운 건 즐거운 거야."

"하지만."

"음~……, 얍."

에미가 내 팔을 잡고 몸을 기댔다.

"이런 건 마음대로 할 수 있으니까 아무 문제 없어."

"……."

넌 정말로 대단해.

벌써 평소의 에미와 함께하는 느낌이 되어 가고 있다.

그리고 그 순간적인 재치. 넌 역시 야무진 아이야.

나에게는 너무나 아까운 이 연인을, 나는 참지 못하고 껴안았다. 너무나 사랑스러워, 머리에 손을 대고 쓰다듬었다.

에미는 편안하게 숨을 내쉬어, 가슴속을 비우며 중얼거렸다.

"정말로, 아무 문제도 없구나."

함께 상점가에서 쇼핑을 했다.

방에 돌아와 조금 이른 점심을 만들어 주었다.

저녁까지는 외출할 예정이고, 그러면 오늘은 이제 돌아오지 않는다.

그래서 에미가 부엌에서 요리하는 모습은 이게 마지막이라, 머릿속에 똑똑히 새기고 있었다.

마지막 요리를 음미하며 먹었다.

맛있어서 울 것 같았다.

산조를 걸었다.

둘이서 자주 다니던 가게와 걸어 다닌 길을 하나하나 안내해 주었다.

손을 잡았다. 잔뜩 대화했다.

최대한 많이 봐 두고 싶어서 계속 바라보았더니, 에미는 때때로 쑥스러워하며 고개를 숙였다.

에이잔 전철을 탔다.

"타카토시는 여기에 앉아 있었어?"

"응."

40일 전, 타카라가이케에서 말을 건 날의 일이다.

"난?"

"으음⋯⋯ 저기."

"확실히 기억하고 있구나."

"그야⋯⋯ 그렇지."

텅 빈 차내에 '타카라가이케'라는 안내방송이.

창밖의 해는 어느새 기울어져 있었다.

'네가 여기를 내려가려 했을 때 내가 뒤에서 말을 걸었어.'

플랫폼의 낮은 돌계단을 가리키자 에미는 앞장서서 걸어갔다.

좁은 자전거 주차장에 심어진 벚꽃은 완전히 녹색으로 물들어 있었다.

"리허설이라도 할래?"

아냐, 라고 에미가 고개를 가로저었다.

"즐거움으로 남겨둘래."

그 뒷모습이 그날과 겹쳐질 것 같았다.

하지만 그녀의 머리카락은 그때보다 훨씬 길고, 벚나무도 완전히 녹음으로 우거져 있었다. 행복이 느껴지는 봄날 아침이 아니라, 지금은 초여름의 해 질 녘이다.

"하지만 분명 난 슬퍼지겠지."

아련한 하늘을 향해, 가볍게 중얼거린다.

"지금의 타카토시와 같은 기분이 되는 거니까. 울지 않도록 노력해야겠네."

에미는 고개를 돌리고 내 얼굴을 본 찰나, 곤란한 표정을 지었다.

"울면 안 돼."

"……안 울어."

그리고 우리는, 마지막 장소로 향했다.

공기가 금색으로 물들어 가고 있었다.

드물게도 이런 일이 있다. 대기의 작용인지 뭔지로 주변이 온통 금색으로 물드는 해 질 녘이.

"……응, 여기야."

디지털카메라의 액정을 확인하며 나는 구도를 확인했다.

정자의 발코니 같은 석조 구조물. 에미는 돌담에 기대고, 배경에 연못과 국제회관을 넣었다.

"에미, 조금 더 이쪽으로."

이미 한쪽 손에 들린 사진을 보며 지시하고 있었다. 그것은 나와 에미가 같이 선, 이제부터 찍을 사진.

이제부터 찍으려는 사진이 이미 손안에 있다는 건 정말로 신비한 감각이었다.

"그럼 찍을게."

'응.'

타이머를 세트하고 돌담에 카메라를 놓았다. 마지막으로 둘이서 보고 포즈를 확인한 후에 사진을 주머니에 넣었다. 밀착한 채로 미소를 지었다.

'······잘 찍혔을까?'

플래시를 터뜨리지 않았기에 타이밍을 알기 힘들었다.

'괜찮지 않을까?'

둘이서 디카 쪽으로 가서 확인해 보았다.

잘 찍혀 있었다.

기분 탓일지도 모르지만······ 완전히 똑같아 보였다.

확인하려고 주머니에서 사진을 꺼냈다.

'······똑같은 것 같은데?'

'······그러게.'

'우연?'

'모르겠어.'

부드럽게 물든 저녁놀 속에서, 우리는 신기한 감각에 휩싸여 있었다.

'어쩐지 이상한 기분이네.'

'대단하지.'

대화가 진정된 틈을 노린 듯이, 바람이 불어왔다.

산의 검은 그림자를 비추던 수면이 잔잔한 물결을 그렸다.

이것으로 마지막 이벤트가 끝나 버렸다.

이젠…… 이별밖에 남지 않았다.

19시 33분

"연기에 흥미가 생겼어."

연못 주변의 산책로를 걸으며 에미가 말했다.

이제 꽤 어두워져서 러닝하는 사람과도 좀처럼 스쳐 지나가지 않는다. 오리가 날갯짓하며 연못에 착수해, 세 번 울음소리를 냈다.

"이번 일에 도움이 될까 싶어 조사하다 보니 묘하게 끌리더라. 미용 전문학교에 다니고 있지만, 그쪽도 다닐까 생각하고 있어."

"학교를 두 군데 다닌다는 거야?"

"응. 낮이랑 밤이랑 나눠서."

"대단하네."

"음~ 어떻게든 될 거야."

나는 문득 어린 시절에 만난 10년 후의 에미를 떠올렸다.

"……과연."

"엄청 힘낼 거야."

에미는 내 맞장구의 의미를 깨닫지 못했다. 하지만 그건 비밀로 해 두는 편이 좋겠지.

"하지만 에미는 훌륭했어."

나는 그 대신 말했다.

"오늘까지도 전혀 알지 못했고, 지금도…… 잊어버릴 만큼 익숙한 느낌이니까."

"그건."

갈을 이으려다가 잠시 그만두고, 에미는 호흡을 가다듬더니 …….

"넌…… 내 왕자님이니까."

투명한 옆모습으로 말했다.

'쭉 동경해 왔고, 그렇게 될 수 있다면 좋겠다고 꿈꿔 왔으니까…… 그래서 열다섯 때 그 얘기를 듣고 눈물이 나올 만큼 기뻤어. 그러니……."

동그란 빛과 같은 인상으로 웃었다.

"연인이 되는 건, 정말 간단한 일이야."

22시 5분

캔커피 입구에서 새어 나오는 향기가 밤의 정자에 어렴풋하게 퍼졌다.

우리는 대화도 그만두고 그저 서로를 바라보기만 했다.

그 근처는 이미 완전히 어두워져서 우리 말고는 아무도 없었다.

딜리서 지나다니는 자동차 소리가 흐릿한 눈보라 같은 음

색으로 닿았다.

바로 아래의 연못에서 잉어가 헤엄쳤다.

"추워?"

"괜찮아."

에미가 나를 바라보며 대답했다. 손에는 나와 마찬가지로 뜨거운 캔커피를 쥐고 있었다. 밤이 되어 완전히 싸늘해졌다.

"……이 캔, 가지고 갈까?"

나는 말했다.

"에미 것까지."

"싫어, 변태 같아."

오랜만에 가볍게 웃었다.

"안 돼?"

"잘 씻어서 보관해야 해?"

"응."

"……저기."

"응."

"역시 조금 추워."

에미가 어깨에 기댔다.

손을 잡았다.

23시 57분

둥근 외등이 광대한 연못을 둘러싼 채 덩그러니 떠 있었다.

그 빛이 검은 수면에 한 줄기씩 빛을 보내, 마치 빛의 촛불이 늘어선 것 같았다.

외등과 나무가 겹쳐진 곳에는 나무의 윤곽이 어렴풋하게 일곱 색깔로 스며들어, 꼭 천체사진에서 본 성운 같았다. 그것이 몇 개나 떠 있었다.

마치 수많은 세계를 건너다니는 신비로운 장소처럼 느껴졌다.

나는 에미와 돌담에 기대어 잠시 그 광경을 바라보며, 오랜만에 두려움에 떨리는 손놀림으로 시간을 확인했다.

토할 것 같았다.

에미를 껴안았다.

팔 안에서 존재를 확인하다가, 그녀가 보이지 않는 게 불안해서 떨어졌다. 양쪽 다 충족시킬 수는 없는지 고민하다가 두 손을 잡았다.

"……행복해."

에미가 젖은 눈을 가느다랗게 떴다.

"쭉 좋아해 온 네가 이렇게나 나를 사랑하고 있다는 게 마음으로 전해져. 난 분명 평생 중에서 지금이 가장 행복할 거야. 촉촉한 기분이야."

나를 바라보는 눈이 빛나고, 투명한 물방울이 떨어졌다.

"……여기가 피크구나. 난 이제부터 조금씩 너의 과거로 돌아가, 끝에는 너와 연인 사이가 아니게 되는 거구나. ……스쳐 지나가는 거구나."

"스쳐 지나가지 않아."

나는 약속을 지킨다.

"우리는 스쳐 지나가지 않아. 끝과 끝을 이은 원이 되어, 하나로 이어져 있는 거야."

에미의 손을 잡고서,

"둘이서 하나의 생명이야."

에미는 내 말을 밀려드는 파도처럼 받아들이고—— 응, 하고 고개를 끄덕였다.

그 모습이 갑자기 덧없이 느껴졌다.

"타카토시."

"……응?"

"나는, 좋은 연인이었어?"

"그래."

"오늘까지, 즐거웠어?"

"정말 즐거웠어."

"그렇구나……."

다시 응, 하고 고개를 끄덕인 후에 눈물을 닦았다. 언제나 잘 들어 올린 속눈썹이 젖어 있었다. 나를 똑바로 바라보았다.

에미가 사라지기 시작했다.

"하지만, 하지만…… 난 괜찮아. 새로운 연인을 만들어서…… 타카토시…… 행복해야 해. ……응? 부탁이야…….."

있는 힘껏 끌어안았다. 그런 건 생각조차 할 수 없었다. 바보 같은 소리라고 대답했다.

"아아…… 아아…… 난…… 행복해…….."

내 귓가에서, 정말로 행복한 듯한, 그리고 슬픈 듯한 목소리로 속삭였다.

"에미…….."

나는 그녀의 등을 적셔 가며 있는 힘껏 내 마음을 보냈다.

"고마워. 고마워. ……고마워."

"응…… 그래…… 나도…… 나야말로…… 좋아해! 너를 정말 좋아해!"

흘러내리는 것을 부여잡듯 꼭 껴안았다.

"……사랑해."

에미의 몸이 떨리는 것이 전해졌다.

"나도…… 나도…….."

가만히 몸을 떼고 바라보았다.

에미는 새벽녘의 달처럼 덧없이 사라져 가고 있었다.

그렇기에 마지막으로 확실하게 말했다.

'나는 너를 사랑해."

에미는 둥글게 빛나는 인상의 복된 미소를 띠고.

사라졌다.

멀리서 지나다니는 자동차의 눈보라 같은 소리.

정자 아래에서 물이 가볍게 첨벙이는 소리.

무엇 하나 변하지 않은 한밤의 고요 속에서.

나는 울었다.

에필로그

다섯 살 여름 방학, 후쿠주 에미는 아빠 엄마와 함께 '옆 세계'에 가족 여행을 왔다.

옆 세계에 대해서는 유치원에서도 들은 적이 있어서, 그 불가사의한 곳에 갈 수 있다는 사실에 가슴이 뛰었다. 친구 사토코에게 말하니 별 관심이 없는지 '그렇구나~.'라고 대답한 후에 곧바로 다른 화제로 넘어갔지만, 그래도 에미는 가슴이 두근거렸고, 기대되었다.

하지만 정작 가보니 자신이 사는 마을과 거의 다르지 않았다.

아빠 엄마는 '정말로 반대잖아?'라면서 즐거워하는 것 같았지만, 에미로서는 잘 알 수 없었다. 어른한테만 재미있는 곳이라고 생각했다. 이거라면 유원지가 훨씬 즐거울 텐데.

시시하다는 반응 탓이었는지 아빠 엄마는 큰 축제가 있다며 데리고 가 주었다.

저녁의 신사에 노점이 잔뜩 늘어서서, 자신처럼 유카타를 입은 사람들로 붐비고 있었다. 램프가 예뻤다. 맛있는 냄새가 났다.

에미는 엄청나게 즐거워졌다.

금붕어 뜨기를 했다. 버터구이 감자를 먹었다. 라무네를 마셨다.

들떠서 여기저기 걷다 보니 어느새 아빠 엄마를 잃어버렸다.

두리번거리며 찾아다녔다. 불안해져서 울음이 나오려 했을 때…… 비가 왔다.

아니, 그게 아니었다.

이상한 냄새가 났다. 그 물에 맞은 모두가 이상한 표정을 짓고 있었다. 누가 '가솔린?'이라고 중얼거렸다.

그때 사람들을 헤치고 어떤 남자가 눈앞에 나타났다.

'폭발한다!!"

그가 소리쳤다. 노점 앞에 서서 어서 피하라고 말하듯 팔을 휘둘렀다.

"도망쳐! 빨리!!"

에미는 그에게 손을 잡혀, 끌어당겨졌다.

그 순간…… 에미는 특별한 감각에 사로잡혔다.

손이 닿은 순간에. 처음부터 알고 있었던 것처럼.

너무나 장대한, 어떠한 전모가 한순간에 훑고 지나간 듯한…… 감각.

폭음. 화염.

에미는 보호받듯 품에 안겼다. 어른인 그의 어깨 너머로 불어닥치는 열풍을 느꼈다.

비명, 웅성거림, '피난하시기 바랍니다.' 라는 스피커의 안내방송, 사람들의 물결.

하지만 에미의 의식에는 전혀 들어오지 않았다.

눈앞의 남자만 보였다.

"괜찮니?"

멍하니 고개를 끄덕였다.

그는 안심한 표정을 지었다.

하지만 그것은 처음 보는 질감이었다. 밀려드는 파도처럼, 자신을 소중하게 생각해 준다는 사실이 전해져 왔다.

……이 사람이다.

에미는 순수한 본능으로 알아차렸다.

이 사람은 나에게 특별한 사람이다.

그가 뒤쪽의 상황을 확인했다. 타오르는 노점 천막과 피어오르는 검은 연기. 열기와 불쾌한 냄새. 저기에 있었다면 죽었을 거라고 생각했다.

"다행이야. 다친 사람은 없는 것 같네."

그의 낮은 목소리가 기분 좋았다.

그때 인파 속에서 아빠 엄마가 나타나, 눈이 마주쳤다.

에미는 안심하는 한편으로 불안해졌다.

이 사람은 아빠 엄마와 합류해도 함께 있어 줄까? 더 같이 있고 싶은데.

하지만 돌아본 그의 얼굴에서는 이미 떠나갈 낌새가 감돌았다.

그가 머리에 커다란 손을 얹고서, 형태를 확인하듯 상냥하게 쓰다듬었다.

'……안녕.'

어째서 그런 눈빛을 하는 걸까.

깊은 감정과 쓸쓸함, 그 외에도 수많은 것이 섞여 있지만, 다섯 살의 에미는 이해할 수 없었다.

달 수 없다. 알고 싶다.

그가 갑자기 '그게 아니었지.'라고 말하듯 고개를 가로저었다.

더리를 쓰다듬던 손이 내려와 에미의 둥근 뺨을 감쌌다. 그가 숨을 들이마시자 어깨가 살짝 들썩였다. 그 후에.

"또 만나자."

그가 일어섰다.

옆을 스쳐 지나가, 뒤편으로 사라졌다.

이미는 황급히 돌아보았다.

"또 만날 수 있어?"

그러자 그도 돌아보고, 웃으며 고개를 끄덕였다.

"또 만날 수 있어."

그리고 다시 걷기 시작해…… 사람들 사이에 섞여 보이지 않게 되었다.

2010년 4월 13일

……에미는 그 다섯 살 때의 일을 떠올리며 맨션 계단을 올랐다.

3층의 좁은 통로에 녹색 문이 늘어서 있었다.

다섯 번째 문.

그 방에는 아직 입주자가 없어, 현관문 손잡이에 전기나 가스 신청서가 걸려 있었다.

오늘은 아침부터 따스하고 화창한 봄날, 거리의 벚꽃은 반 정도 남아 있다.

4월 13일.

마지막 날.

에미는 그와의 추억이 담긴 문에 손을 대고 눈을 감았다.

속눈썹이 살짝 젖었다.

눈을 뜨고, 스스로를 격려하듯 웃었다.

그리고 다시 걷기 시작했다.

그가 언제나 바래다주던 역까지 가는 길.

몇 번이나 지나간 역의 개찰구, 플랫폼까지의 계단.

3시 1분 도착, 데마치야나기행 특급, 맨 뒤 차량, 두 번째 문.

마지막으로 확인하고, 40일 동안 신세를 진 시스템 수첩을 덮었다.

괴기열 끝에 서자 얼마 지나지 않아 전철이 도착했다.

문이 열렸다.

드문드문 하차한 후에 사람들이 전철에 올라탔다. 엄청나게 혼잡했다.

에미는 문을 넘어가며 마음을 가다듬었다. 흐름을 잘 타야 한다. 목표로 하는 곳에 가야만 한다.

파도를 타고, 에미는 정장이나 교복을 입은 사람들에게 가로막힐 뻔하면서도 힘을 내서 차량 안쪽으로 나아갔다.

가는 방향의 틈 사이로, 손잡이를 쥐고서 혼자 의욕에 넘치는 눈빛을 한 남자아이가 보였다.

그리고.

──타카토시.

그의 곁에, 도달했다.

이 이야기는 픽션입니다.

만약 동일한 명칭이 존재ㅎ·더라도 실재하는 인물,

단체 등과는 전혀 관계없습니다.

역자 후기

안녕하세요. 번역을 맡은 주원일입니다. 재미있게 읽으셨는지요.

우여곡절 끝에 서로가 서로의 운명임을 확신했으나 헤어짐 또한 두 사람의 정해진 운명인 것을……. 이것도 사랑과 모험을 다루는 이야기의 전형 중 하나가 아닐까 싶습니다.

소시민이 접할 수 있는 가장 보편적인 신비란 단연 사랑이 아닐까요? 고단한 세상이라 이제는 쉽게 보편적이라 말할 수 없다는 기분도 듭니다만……. 아무튼 초능력이나 절세 무공, 세계를 좌지우지할 음모가 없어도 그저 사람과 사람의 마음이 일치하고 또 흩어져 가는 그 모든 일이 신비가 아니고 무엇이겠습니까.

인간의 탄생과 죽음은 모두 같은 방향을 향하기에, 만남이 있으면 헤어짐이 있고 한번 갈라진 길은 좀처럼 합쳐지지 않습니다. 하지만 초현실적인 힘에 의해 이 방향이 다르다면 어떻게 될까요? 그것이 끝과 끝이 이어진 원형의 인연이라면, 다섯 살 타카토시와 다섯 살 에미의 반대되는 인생은 끝없이 반복되는 고리가 됩니다. 좁혀서 보면 작중의 40일은 서로 끝과 끝을 물고 무한히 반복/복제되는 동일 존재들의 이야기라 할 수도 있겠습니다. 제가 하는 말이 맞긴 맞나요? 실은 잘 모르겠습니다. 물리는 대략…… 고등학교 물리 선생님이 바둑을 참 좋아하셨다는 사실…… 정도만 기억합니다. 바둑부에 들어가 오목만 둬서 죄송합니다, 선생님……. 아무튼 제 가설이 맞는 것이 행복이라는 기분도 들고, 틀리는 것이 행복이라는 기분도 듭니다. 세상 모든 일에 행복과 불행은 공존하는 법이기에…….

두 사람은 선택합니다. 마지막 만남이 될 다섯 살 에미와의 대화에서까지도요.

멀어져 가는 뒷모습을 바라보며, 아직은 그 순간을 이별이라 하지 않기로…….

역시 전 제 가설이 맞는 이야기였으면 좋겠습니다.

읽어 주셔서 감사합니다.

주원일

나는 내일, 어제의 너와 만난다

2016년 02월 16일 제1판 인쇄
2018년 06월 08일 14쇄 발행

지음 나나츠키 타카후미 | 일러스트 Renian | 옮김 주원일

펴낸이 임광순 | 제작 디자인팀장 오태철
편집부 황건수 · 신채윤 · 이병건 · 이홍재 · 김호민
디자인팀 박진아 · 박창조 · 한혜빈 · 김태원
국제팀 노석진 · 엄태진

펴낸곳 영상출판미디어(주)
등록번호 제 2002-000003호
주소 21311 인천광역시 부평구 평천로 132 (청천동)
전화 032-505-2973(代) | FAX 032-505-2982

ISBN 979-11-319-3990-1

노블엔진 POP(NOVEL ENGINE POP)은 영상출판미디어(주)의 대중소설 브랜드입니다.

일본을 대표하는 신본격 미스터리 작가 '시마다 소지'의 걸작 미스터리!
유령 군함과 아나스타샤의 비밀에 얽힌 거대한 사건, 그 진실이?!

러시아 유령 군함 사건

하코네, 후지야 호텔에 장식된 한 장의 사진. 그곳에는 1919년 여름, 갑자기 아시노코 호수에 나타난 제정 러시아의 군함이 찍혀 있었다. 사방이 산으로 둘러싸인 곳에서, 군함은 하룻밤 만에 자취를 감추는데……. 거대 군함은 대체 어떻게 '밀실'에서 사라진 것일까. 그 소실 뒤에는 로마노프 왕조 최후의 황녀 아나스타샤와 일본을 둘러싼 장대한 수수께끼가 감춰져 있었다──. 미타라이 기요시가 밝혀내는 시공을 초월한 세기의 미스터리!

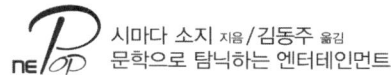

nePop 시마다 소지 지음 / 김동주 옮김
문학으로 탐닉하는 엔터테인먼트

요코하마에 있는 귀여운 서양식 카페.
그곳에는 특별한 허브티를 만드는
마법사가 있다고 하는데——.

허브티를 둘러싼, 마음이 치유되는 이야기

마법사의 허브티

부모를 여의고, 친척 집을 전전하는 불행한 소
녀, 유키.
여름방학 기간 동안 몸을 의탁하게 된 곳은
요코하마에 사는, 만난 적도 없는 큰아버지의
집.
마음을 졸이며 찾아가 보니, 큰아버지는 귀여
운 카페의 오너였다!
큰아버지는 함께 지내는 것을 허락하는 대신
유키와 한 가지 약속을 하는데…….

유키가 지켜야 할 그 약속은——.
[마녀의 후계자로서, 진지하게 마법 수행에 힘
쓸 것?!]

아리마 카오루 지음 / 신우섭 옮김
문학으로 탐닉하는 엔터테인먼트

천상천하 유아독존
질풍노도의 여고생 이야기

제1회 〈신초nex대상〉 대상 수상작

반도 호타루코, 일상이 따분따분

그 여고생, 이름은 반도 호타루코라 한다. 택시에 타면 유괴 사건, 걸어 다니면 열 겹 스무 겹의 스토커 포위망, 사랑에 빠지려고 하면 세상이 진동한다. 그러나 그것도, 본인은 모르는 일. 그녀 자신은 순수하고 느긋하게 황금의 청춘을 구가하며 오늘도 변함없이 공공도로 한복판을 활보하고, 인생이라는 이름의 대평원을 자유분방하게 질주한다!!

 진자이 아키 지음 / 송덕영 옮김
문학으로 탐닉하는 엔터테인먼트

『[映]암리타』『퍼펙트 프렌드』『가면을 쓴 소녀』
『죽지 않는 학생 살인사건』『소설가를 만드는 법』의
저자 '노자키 마도' 혼신의 미스터리 괴작 등장!

『2』그것은 궁극의 작품명. 그것은 창작의 극치.

2

아마타 카즈히토는 엄청나게 유명한 극단 '판도라'의 무대에 서는 걸 꿈꾸는 청년이었다. 그는 겨우 입단 시험을 통과해 극단의 일원이 되었지만, 그 뒤로 얼마 지나지 않아 '판도라'는 어떤 인물의 등장으로 해산되고 만다. 그녀는 조용히 말했다. "제 영화에 출연하지 않으시겠어요?". 그렇게 배우로서 발탁된 아마타는 그녀와 단둘이 본격적으로 영화를 만들기 시작하는데──.

과연 그녀의 의도는 무엇이었을까? 그리고 그녀가 찍으려는 영화란 대체 무엇일까?

모든 수수께끼를 숨긴 채 슬레이트 보드 소리가 울려 퍼진다.

노자키 마도 지음 / 구자용 옮김
문학으로 튼닉하는 엔터테인먼트

이 사랑은 두 번 다시 이루어지지도, 닿지도 않겠지만.
쏟아지는 모든 아픔이 그녀에게 보내는 기도였다.

노블 칠드런의 애정

마이바라 토키와 치자쿠라 미도리하. 두 사람은 서로 마음이 통하지만, 양 가문의 저주스러운 악연과 폭로되고 만 피의 죄가 모든 사랑을 갈라놓고 만다.

그녀에게 마음을 허락하지 않았다면 현기증 나는 절망도, 벗어날 수 없는 고독한 영원도 경험하지 않았을 텐데. 코토히키 레이라의 『고별』이, 사쿠라즈카 아유무의 『단죄』가, 치자쿠라 미도리하의 『애정』이 마이바라 토키의 인생을 『잔혹』한 미래로 이끌어간다.

연애 미스터리의 결정판!
현대판 로미오와 줄리엣의 덧없는 사랑 이야기, 완결편.

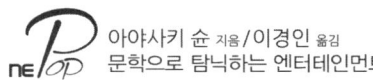

아야사키 슌 지음 / 이경인 옮김
문학으로 탐닉하는 엔터테인먼트